Nach Stich & Faden

Bereits erschienen

Die BuchCafé Reihe

Buch, Mord und Kaffee
Liebe, Tod und blaue Muffins
Tee, Rosen und Mimosen
Krimi, Mimi und Abgang
Wein, Schein und Vergissmeinnicht
Wellen, Strand und Sonnenbrand

Die Hans Matter Krimis

Hans Matter und das verschwundene Mädchen
Hans Matter und die unruhigen Träume
Hans Matter und die Geduld von Schnee
Hans Matter und der Tote an der Sense

Bärbels Cottage

Nach Stich und Faden

Nach Stich & Faden

Bärbels Cottage Band 1

Barbara Zumstein
mit Jean-Pascal Ansermoz

Bibliografische Information der Deutschen Nationalbibliothek:
Die Deutsche Nationalbibliothek verzeichnet diese Publikation in der
Deutschen Nationalbibliografie; detaillierte bibliografische Daten sind im
Internet über dnb.dnb.de abrufbar.

© 2022 Jean-Pascal Ansermoz

Herstellung und Verlag: BoD – Books on Demand, Norderstedt

ISBN 978-3-75579-265-9

*Dieses Buch ist
meinem Vater gewidmet*

Nur keine Masche verlieren

»Ich weiß zwar, dass ich nichts weiß, aber auch da bin ich mir nicht sicher.«

Ich beschäftige währenddessen meine beiden Hände mit zwei übergroßen Rundstricknadeln und dicker Wolle und sah deshalb auch nicht auf. Nicht dass ich je ein Talent fürs Stricken gehabt hätte, aber man tat nun mal, was Frau musste, um an Hannis Gerüchteküche zu kommen. Und wenn das auch bedeutete, ihrem Spleen für Themennachmittage nachzugeben.

Hanni runzelte die Stirn, schob ihre Brille hoch und konzentrierte sich wieder auf ihren Schal. Ihre Fingerfertigkeit war beneidenswert. Auch die Tatsache, dass sie mit selbem Geburtsjahr viel jünger aussah als ich, Barbara Bärbel Zumstein, liebende Mutter und stolze Witwe.

»Ist nicht wahr ...?«, sagte ich beiläufig. Ich wollte schließlich wegen ihres philosophischen Exkurses keine Masche verlieren.

Hanni hielt inne.

»Du hast mir nicht zugehört, Schätzele.«

Rechte Masche, linke Masche. Als ich ihren Blick auf mir spürte, blickte ich schließlich auf. »Was?«

»Du hörst mir nicht zu, Liebes.«

»Ach so, das ist wohl doch nichts Neues, oder?«

»Nicht wirklich. Und doch frag ich mich, was dich so beschäftigt.«

Ich seufzte, legte die Nadeln in meinen Schoß und genehmigte mir ein Schluck Pimms mit Ginger Ale. Der Verlockung, die ein weiterer Scone mit sich zog, hielt ich heldenhaft stand. Der bittere kräutigwürzige Likör tat den Rest.

Hanni legte ihr Handwerk nieder und nahm sich ein Gebäck. Ich presste meine Lippen zusammen. Meine Freundin konnte es sich mit der Wespentaille ja auch leisten. Wenn ich Süßigkeiten nur ansah, wurde es mir schwerer ums Herz. Aber es gab ja bekanntlich heutzutage keine fetten Menschen mehr, nur noch gravitativ benachteiligte. Meine Irritation schlug in Unmut um. Brauchten wir wirklich ein Thema für unser nachmittägliches Beisammensein? Und wieso überhaupt English Tea Time, wenn's doch gar keinen Tee gab?

»Deine Stirn runzelt«, sagte Hanni kauend.

»Tut mir leid. Habe weder die Geduld noch die Buntstifte, um dir das zu erklären.«

»Kaum ist deine Tochter in weiter Ferne, mutierst du zum Schlechte-Laune-Monster. Dir fehlt ein Sinn im Leben, Darling.«

»Ach, Quatsch!«

Vielleicht hatte Hanni das Nachmittagsthema auch gewählt, weil ich letzthin über Irland schwärmte. Würde ihr ähnlich sehen.

»Du hast eine depressive Verstimmung, weil Valerie sich – wie du damals – nach St. Gallen abgesetzt hat.«

Natürlich habe ich Valerie gesagt, ich hätte nicht immer die Zeit, mich um ihr Leben zu kümmern. Aber das war doch nur, weil ich ihre Mutter bin. Und da will ich doch nur das Beste für sie. Musste sie deswegen gleich zweihundertdreißig Kilometer weit wegziehen?

»Das Wetter hat eine depressive Verstimmung. Wir haben ja seit Tagen wunderschöne britische Stimmung«, antwortete ich, ohne auf ihre Bemerkung einzugehen.

Hanni sah mich eingehend an. »Was du brauchst, ist etwas zu tun.«

»Das habe ich ja.« Ich deutete so gelassen wie möglich auf die Nadeln in meinem Schoß.

»Ich meine nicht Dinge, für die du eh kein Talent hast. Ich spreche von etwas, das dich erfüllt, das dich innerlich brennen lässt. Etwas, wofür du jeden Morgen freudvoll aufstehen wirst.«

»Das klingt schon ermüdend, wenn du es nur sagst.«

Aber Hanni ließ nicht locker. »Du solltest das mit der Erbschaft nochmals überdenken.«

»Was du nicht sagst.«

»Du bist eine gute Gastgeberin«, sagte sie und nahm eine fallengelassene Masche wieder auf.

Da war etwas dran. Ich beobachtete fasziniert ihre Geschicklichkeit, nahm einen weiteren Schluck bitterer Süße. Vielleicht sollte ich ein Café eröffnen oder Kindergeburtstage organisieren. Ich verwarf die Ideen sofort wieder. Schließlich mochte ich weder Tischeabräumen noch Kinder wirklich. Und das ganze Nachdenken machte mich müde.

»Du liest doch gern diese Bücher, die in Irland spielen. Diese Romane ...«

»Sex, Love and Rock'n'Roll meinst du?«

»Genau, das Rosamunde-Pilcher-Ding in den Highlands.«

»Die Highlands sind in Schottland.«

»Von mir aus.«

Jetzt war ich mir sicher, dass sie das englische Thema extra gewählt hatte.

»Und was hat das mit der ›Bed & Breakfast‹-Situation zu tun?«

»Nichts, Schatzi, aber hier kommt die Eine-Millionen-Frage ohne Joker: Wieso denn nicht?«

Einen Augenblick war ich perplex. Der Anwalt hatte mir weisgemacht, ich könnte ein Motel im Nirgendwo erben. Das war nicht sein Ernst. Und dass meiner so ein Ding besaß, wusste ich erst nach seinem Ableben. Im zweiten Moment fühlte ich mich von Hannis Frage überraschend angesprochen. Das war gefährlich. Vor allem in meinem Alter.

»Ich weiß doch gar nicht, was das ist.«

»Na, ein Bett-und-Zmorge-Ding eben. Menschen kommen, übernachten in einem Zimmer, essen Frühstück und dann gehen sie wieder.«

Klang verlockend einfach.

»Und dann stellst du Menschen ein, die die Zimmer und den Frühstücksraum aufräumen.«

Das klang nach wenig Aufwand. Ich stellte mir vor, wie Valerie die Betten neu bezog, während ich ihr dabei zusah. Die Vision hatte definitiv etwas.

»Und in deiner Freizeit schreibst du dann deine Kriminalromane.«

»Meine was?«

»Deine Kriminalromane. Ich finde, du hast das Zeug dazu.«

»Hab ich das?«

»Du hast eine rege Fantasie und im Geschichten-erzählen bist du nicht zu toppen.«

Hanni leerte ihr Glas in einem Zug. Dann verzog sie das Gesicht. »Schrecklich, dieses Zeug.«

»Das kannst du laut sagen.«

»Ich glaube, der englische Lebensstil wäre auf Dauer nichts für mich.«

»Wie wär's mit einem Bier?«

»Und dann jassen wir eine Runde.«

Ein erfrischender Spaziergang

Wäre sich Lorelei Diesbach bewusst gewesen, dass sie an diesem Abend sterben würde, hätte sie sich um jemanden bemüht, der zu ihrer Katze schauen würde. Und sie hätte sehr wahrscheinlich noch schnell die trockene Wäsche versorgt.

Solche und ähnliche Gedanken beschäftigten sie manchmal. Und auch wenn andere diese nicht begriffen, so fühlte sie sich nicht traurig dabei. Im Gegenteil. Etwas Heimeliges begleitete stets ihr gedankliches Ableben. Die Frage nach der Endlichkeit des Lebens blieb, was ihrem Alltag etwas Magisches zu geben wusste. Ging man nämlich davon aus, dass jeder Augenblick der letzte sein konnte, war jeder Moment ein Geschenk.

Na ja, fast jeder.

Sie sah nicht, was an diesem sturmgepeitschten Abend schön sein könnte, während sie verzweifelt versuchte, ihren Regenschirm nicht zu verlieren. Der Wind trieb ihr die Tränen in die Augen, als sie an der

Kirche vorbei in Richtung der neuen Lofts ging, die vor einiger Zeit für regen Gesprächsstoff im Dorf gesorgt hatten. Den Kopf hielt sie gesenkt, die Schultern hochgezogen. Der Regen prasselte auf sie ein. Langsam machte sich ihre verkrampfte Haltung im Nackenbereich spürbar. Ihr rechter Schuh war undicht. Bei jedem Schritt wurde ihre Socke mehr durchnässt. Das vom Boden aufspritzende Wasser durchweichte ihre Jeans. Binnen weniger Minuten würde sie trotz Schirm vollständig nass sein.

Der Alarm war kurz nach acht Uhr eingegangen. Betreutes Wohnen. Diesbach wusste aus Erfahrung, dass es sich mit größter Wahrscheinlichkeit nicht um einen Notfall handelte. Wie in über neunzig Prozent der Fälle. Einen solchen Hilferuf auszuschlagen, kam jedoch nicht infrage. Sie konnte es mit ihrem Gewissen einfach nicht vereinbaren. Ihre ›Menschen‹ liebte sie von ganzem Herzen. Manche waren Familie geworden. Und auch wenn sie vielleicht nur eine warme Milch mit Honig machen oder unter dem Bett nachsehen musste, ob sich auch keine Monster dort versteckten, war jeder Besuch Ehrensache. Andere regelten das per Telefon. Diesbach nicht.

Die neuen Blöcke wurden sichtbar.

In den Lofts brannten Lichter. Diesbach war es unangenehm, direkt in das Leben anderer hineinsehen zu können. Und doch konnte sie nicht anders als hinzusehen. Ein Gefühl von Scham ließ sie erröten. Im zweiten Stock lief der Fernseher. Zwei Köpfe überragten den Rücken einer Sofalandschaft. Eine Katze leckte sich die Vorderpfote an der Fensterfront.

Diesbach verließ die Straße. Vier alte Häuser aus den Siebzigerjahren hielten sich dort aneinander fest. Die Eingangstür zur Nummer 25 stand einen Spalt offen. Sie schloss ihren Regenschirm und stellte ihn im Eingang neben die Tür, während der typische Geruch älterer Korridore den Weg zu ihr fand. Einen Augenblick blieb sie regungslos stehen und horchte in ihren Erinnerungen. Dieser Duft erweckte die Küche ihrer Großmutter wieder zum Leben. Sie atmete geräuschvoll ein und aus, lächelte und nahm dann die Treppe.

Zwischen dem ersten und zweiten Stock kam ihr ein Mann entgegen. Er trug einen braunen Regenmantel und einen Hut. Sie grüßte, aber da war er bereits an ihr vorbei. Manche Menschen hatten eben weniger Zeit als andere. Diesbach schmunzelte.

Dann klopfte sie an die Tür.

»Elsbeth?«

Keine Antwort. Keine schlurfenden Schritte im Korridor.

Diesbach runzelte die Stirn, öffnete die Tür. Warme und muffige Luft schlug ihr entgegen.

»Elsbeth?«

Der schmale Eingang war dunkel und wurde von einem massiven Schrank beherrscht, der mindestens hundert Jahre alt sein musste. Eine kleine Anrichte begleitete Diesbach zum Wohnzimmer. Bücher lagen auf Zeitschriften. Eine Schale mit Schlüsseln auf gehäkeltem Läufer. Ein Korb, aus dem Stricknadeln ragten, die in Wollknäuel steckten.

Diesbach fand sich gut zurecht. Im Wohnzimmer brannte Licht. Auch dieser Raum wirkte klein. Der Geruch von Möbelpolitur lag in der Luft. Alte Stühle, noch ältere Kissen. Vitrinen mit schönem Geschirr, das auf besondere Anlässe wartete. Dunkles Holz. Grob verarbeitete Schränke. Gerahmte Bilder des Schweizer Malers Albert Anker. Die dicken Vorhänge waren zugezogen und doch hörte man den Wind draußen um die Häuser ziehen.

Elsbeth Fontana lag auf dem Sofa. Sie trug ein Haarnetz und einen blauen Bademantel.

»Elsbeth?« Diesbach berührte die ältere Frau an der Schulter. Ein Schnarchen war die Antwort. Ein Arm kam in Bewegung und fiel nach unten. Diesbach legte ihn behutsam zurück auf den Bauch, deckte die Frau zu.

Wo war die Alarmuhr?

Die alte Frau trug sie nicht am Handgelenk. Diesbach ließ ihren Blick über die unmittelbare Umgebung schweifen. Keine Uhr. Sie runzelte die Stirn, machte sich auf in die Küche. Alles aufgeräumt. Eine Tasse mit kaltem Kaffee stand auf dem Tisch. Sie nahm sie an sich, wusch sie aus und trocknete sie schließlich ab. Die Uhr war auch nicht in der Küche. Sie stellte die Tasse an ihren Platz. Perplex machte sie das Licht im Badezimmer an. Alles schien in Ordnung zu sein. Aber immer noch keine Uhr.

Diesbach setzte sich kurz zu Elsbeth auf das Sofa. Die ältere Frau schlief tief und fest. Sie strich ihr eine Haarsträhne aus der Stirn.

»Suchst du die hier?«

Diesbach stand vor Schreck auf, was Elsbeth mit einem weiteren Schnarcher quittierte.

»Was ...?« Mit offenem Mund starrte sie auf die Uhr in der behandschuhten Hand. Der Arm gehörte zu einem leicht schiefen Lächeln, das nun aus dem Schatten des Eingangsbereichs trat.

»Bist du wirklich so naiv?«

»Was hast du mit ihr gemacht?«

»Sie wird gut schlafen, hab keine Angst.«

Ihr Blick irrte hin und her. Angst machte sich breit. Aber es gab keinerlei Möglichkeit mehr auszuweichen. Geschweige denn zu flüchten.

Ein sterbender Schwan

Dass etwas mir die Sprache verschlug, kam nicht oft vor. Und doch stand ich nun wortlos vor dem hohen Metallgitter der Einfahrt, das eine Kette mit Vorhängeschloss geschlossen hielt.

»Deine Familie bewies schon immer einen Sinn für Humor«, triumphierte Hanni neben mir.

Ich konnte es nicht fassen. Da stand doch tatsächlich in Goldbuchstaben ›Zum sterbenden Schwan‹ über der Einfahrt.

»Sehr musikalische Erbschaft.«

Links und rechts führten schulterhohe Mauern um das Gelände. Vom Haus selbst konnte ich nur die Konturen erahnen. Dafür war es bereits viel zu dunkel. Die tiefhängenden Wolken gaben dem Ganzen einen bedrückenden Beigeschmack.

Wenigstens regnete es nicht mehr.

Schritte näherten sich auf dem Kies.

»Frau Zumstein?« Der Mann wandte sich an Hanni, die ihn mit einer Geste ihres Daumens auf mich verwies. Er war hager, seine Augen ausgezehrt.

Am liebsten hätte ich ihm eine Pizza spendiert. Der gute Mann sollte unbedingt etwas essen. Mit der dunklen Kleidung war die Ähnlichkeit mit einem Bestatter nicht von der Hand zu weisen.

»Äh, ja ...«, entschuldigte er sich und sprach mich nun direkt an. »Nun ja, viel muss ich wohl nicht dazu sagen. Hier sind die Schlüssel. Dafür bräuchte ich eine Unterschrift.«

Er holte aus der Innentasche seines Bestattermantels ein gefaltetes DIN-A4-Blatt hervor. Aus einer anderen Tasche zauberte er einen Kugelschreiber. Ich sagte nichts, unterschrieb und hatte kurz darauf einen Bund in der Hand, an dem mindestens dreißig Schlüssel hingen.

»Nun denn ...« Der Mann kratzte sich am Kopf. »Schätze man sagt ›Herzlich willkommen‹.« Er sah kurz zum Anwesen hinüber. »Falls Sie mich brauchen ... ich wohne oberhalb der Garage, an der Hauptstraße.«

Er wandte sich zum Gehen.

»Sie kommen nicht mit?«

Er drehte sich zu mir um, schüttelte den Kopf. »Das schaffen Sie auch allein. Ich will mit dem Ganzen so wenig wie möglich zu tun haben.«

»Wieso denn das?«

»Nun ja ...« Abermals kratzte er sich verlegen am Kopf. »Das Anwesen ist bewohnt.«

»Bewohnt?«

Er blickte sich kurz um, als fürchtete er, dass uns jemand zuhörte. »Es spukt dort.«

»Aha.«

Hanni musste sich abwenden, um nicht laut loszulachen.

Der Mann tat mir leid. Er wechselte immer wieder das Standbein, wagte es kaum, uns anzusehen.

»Nun ja, wenn das so ist ... vielen Dank.«

Er nickte und konnte den Ort nicht schnell genug verlassen.

»Was war das denn?«, fragte ich.

»Ich liebe diesen Ort«, gluckste Hanni.

Ich hingegen war mir da nicht mehr ganz so sicher. »Und welcher Schlüssel öffnet nun dieses Gespensterhaus?«

Ich sah auf den Bund in meiner Hand.

»Einer wird's wohl sein. Ich frage mich, wofür all die anderen sind.«

Ich schüttelte den Kopf und versuchte den erstbesten. Natürlich passte er nicht. Ich sah mir das Schloss genauer an. Es musste ein Bartschlüssel sein, was eine Vielzahl der hängenden Möglichkeiten ausgrenzte. Der zehnte Versuch brachte den richtigen hervor. Das Schloss sprang auf und die Kette ging mit einem metallischen Gehabe zu Boden.

Ich sah Hanni an. Sie grinste und machte eine einladende Geste mit der Hand.

»Alter vor Schönheit. Das Ziel liegt ja bekanntlich immer am Ende des Weges.«

Eine Axt zwischen zwei Augen

»Das hier ist doch ...«

»Säg nüt. Ein bisschen verstorben.«

Hanni rauchte eine Zigarette, während ich mich abmühte, den richtigen Schlüssel für den Haupteingang zu finden. Nebel hatte sich zu uns gesellt. In der Dunkelheit sah man die Straßenbeleuchtung wie kleine Vollmonde stehen. Meine Haare wurden feucht. Der Garten war nicht so groß wie erwartet. Allerdings sah er aus, als hätte man mit mehreren Traktoren Polo darauf gespielt. Die Erde war aufgewühlt. Kleine Seen, aus denen Grasbüschel hervorlugten. Es roch nach Moder und Verwesung.

»Wie lange hat dieses Haus leer gestanden?«

»Die Frage ist, wie lange brauche ich, um diesen verflixten Schlüssel zu finden.«

»Wenn ich mir das so recht überlege, muss, was wir hier tun, von dort auf der Straße aussehen, als brächen wir ein. Ich stehe Wache, du öffnest das Schloss.«

»Oder auch nicht.« Die Schlüssel nervten mich.

Hanni ließ ihre Zigarette fallen und trat sie aus. »Nicht verzweifeln, Schwester.«

Sie trat an die Tür heran und griff nach der Klinke. Mit einem Krächzen öffnete sich die Tür.

»Et voilà.« Sie neigte ein wenig den Kopf nach vorn und ließ mir den Vortritt.

»Wie hast du das gewusst?«

»Hab ich nicht.«

»Wieso hast du nichts gesagt?«

»Weil ich noch eine rauchen wollte.«

Ich schüttelte den Kopf und trat ein. Der Eingang war ein einziger, großer Raum mit erstaunlich hoher Decke. Ich tastete nach dem Lichtschalter. Zuerst geschah gar nichts, dann plötzlich knisterte es und eine einzelne Glühbirne erwachte zum Leben. In ihrem fahlen Licht konnte ich sehen, dass auch hier die Zeit ihre Spuren hinterlassen hatte. Der große Empfangstresen hing in den Angeln, das an der Wand dahinter stehende Möbel war vollständig zerstört. Kaputte Stühle, ein schief hängendes Bild, das einen Blumenstrauß darstellte.

»Schau mal.« Hanni deutete auf eine Axt, die aus einer Wand ragte. »Die hatten anscheinend nur fünf Sterne bei Trivegu.«

Ich trat näher heran. Jemand hatte mit einem Schlag ein Bild zerstört, in dem die Klinge nun steckte. Es war das Porträt eines Mannes im dunklen Frack, mit grimmigem Bart, dessen Äuglein den Betrachter aus tiefen Höhlen anstarrten. Nur hatte er eben jetzt eine Axt im Gesicht. Mich fröstelte.

Im halbrunden Eingangsbereich zählte ich fünf Türen, die weiterführten. Eine fehlte, eine andere war eingetreten worden. Dunkle Korridore öffneten sich dahinter. Erst jetzt wurde mir der Geruch bewusst. Wie nach einem Feuer. Und dann diese Feuchtigkeit.

»Das ist doch wie in diesem Film. ›Cube‹. Fragt sich nur, wo die tödlichen Fallen sind«, witzelte Hanni.

Ich trat an die zerrüttete Tür, äugte in den Flur dahinter. Muffige Luft schlug mir entgegen. Ich zog unweigerlich den Kopf zurück.

»Pass auf, da schlafen vielleicht die Fledermäuse.«

Ich schnitt Hanni eine Grimasse. Auf der Empfangstheke stand eine Vase. Die Köpfe der Blumen hingen schlaff und vertrocknet herunter. Das waren mal Rosen.

Ich seufzte.

»Das ist tatsächlich alles, was du dazu sagen kannst, fürchte ich.«

Mein Traum vom einfachen Leben als B-&-B-Besitzerin war noch nie so weit entfernt gewesen. Ich schüttelte entmutigt den Kopf.

»Wir sollten diesem Prachtstück bei Sonnenschein nochmals eine Chance geben.«

»Aber klar doch. Mit Sonnenschein sieht dieser Ort sicher gleich viel besser aus.«

Ich wandte mich dem Eingang zu und erstarrte in der Bewegung. Über der großen Eingangstür verband ein halbrundes Buntfensterglas das Innere mit dem Außen. Und in diesem sah ich nun den Lichtkegel einer Taschenlampe.

Ich machte Hanni mit einer Kopfbewegung darauf aufmerksam. Ihre Reaktion konnte ich nicht vorhersehen. Mit zwei schnellen Schritten war sie an mir vorbei und eh ich mich's versah, hatte sie die Axt aus der Wand befreit.

»Hanni ...« Weiter kam ich nicht, denn jemand stieß die Tür mit Schwung auf.

Hanni hob die Axt, als sie der Kegel der Taschenlampe im Gesicht traf. Geblendet drehte sie den Kopf weg.

»Legen Sie die Axt sofort auf den Boden!« Es war ein klarer Befehl. »Sofort und ganz langsam.«

Hanni blinzelte, ich hob die Hände. Ein zweiter Lichtkegel erfasste mich, scannte mich von oben bis unten und verließ mich für Hanni, die immer noch breitbeinig mit gehobener Axt dastand.

»Ich bin Dominik Chollet von der Polizeiwache in Laupen. Kantonspolizei. Bitte legen Sie die Axt auf den Boden.«

Ich sah zu Hanni hinüber, die zu zittern begann. So eine Axt war ja auch nicht ganz leicht zu tragen. Schließlich ließ sie diese mit großem Getöse einfach fallen. Ich zuckte unweigerlich zusammen. Der Lichtkegel kam auf mir zu ruhen.

»So, und jetzt, wo wir uns alle beruhigt haben, möchte ich wissen, wer Sie sind und was Sie hier eigentlich tun.«

Erste Verstrickungen

»Frau Zumstein, Sie sagen also, Sie haben dieses Haus hier geerbt?«

Ich nickte entmutigt.

»Und Sie kamen heute Abend nur nach Witteberg, um sich das Haus bei Nebel und Dunkelheit zum ersten Mal anzusehen?«

Ich musste zugeben, dass es, so formuliert, ziemlich dämlich klang.

»Sie können den Mann fragen, der uns die Schlüssel übergab.«

»Wie heißt er denn?«

Ich sah Hanni an. Sie hob die Schultern.

»Ich weiß es nicht.«

»Sie wissen es nicht?« Chollets Augenbrauen gingen in die Höhe.

»Er wohnt über der Garage ... fragen Sie ihn selbst.« Chollet wandte sich Hanni zu. »Über der Garage sagen Sie?«

Er warf seinem mit Notizblock und Stift bewaffneten Kollegen einen kurzen Blick zu. Der notierte sich etwas.

»Es ist ja nicht so wie beim Stricken ...«

»Beim Stricken, Frau ...?«

»Immer noch Ufholz. Hanni Ufholz.«

Der andere notierte wieder etwas.

»Ja, beim Stricken. Da muss man konzentriert bleiben. Jede Masche zählt. Aber hier ... ob der Sepp oder Marco heißt, ist doch völlig wurscht.«

»Wann hat er Ihnen denn den Schlüssel gebracht?«

»Keine Ahnung. Vor dreißig Minuten vielleicht.«

Der andere sah auf seine Armbanduhr und notierte sich wieder etwas.

»Warum ist das so wichtig?«, wollte ich wissen. Ich hatte plötzlich Gänsehaut. Erneut tauschten die Beamten einen Blick aus.

»Ist ja nicht so, als wäre jemand ermordet worden, oder?«, sagte Hanni entnervt. Die darauffolgende Stille war laut.

»Oh!«, entfuhr es Hanni.

»Was geht hier eigentlich vor?«, fragte ich.

Chollet sah zu Boden.

»Wir waren keine zehn Minuten hier«, fuhr ich fort, als er nicht reagierte, »da tauchen Sie auf. Sie mussten also schon vorher im Ort gewesen sein. Dann haben Sie Licht im Buntglasfenster gesehen ...

Sie suchen jemanden ... aber wieso ... stricken ... Sie reagierten auf das Wort ›stricken‹ ...«

Ich brach ab. Da waren viel zu viele Fragen. »Ist denn jemand zu Tode gekommen?«, fragte ich schließlich und sah Chollet direkt in die Augen.

»Um ehrlich zu sein, wissen wir das nicht.«

»Eine Person wird vermisst?«

Er runzelte kurz die Stirn, nickte dann. »Eine junge Frau.«

»Wir haben niemanden gesehen«, kommentierte Hanni.

Ich ließ nicht so schnell locker. »Was ist passiert?«

Chollet zögerte, blickte sich in der Eingangshalle um. »Wir erhielten einen anonymen Anruf. Jemand will gesehen haben, wie eine Frau entführt wurde.«

»Entführt?« Hannis Interesse war sofort wieder da.

»Nun ja. Der Augenzeuge will gesehen haben, wie ein Mann mit einer jungen Frau aus dem Haus kam, diese in ein Auto lud und fortfuhr.«

»Und Sie wissen, wer sie ist?«

»Nein. An der angegebenen Adresse konnten alle Bewohner vorgefunden werden.«

»Sie haben mit ihnen geredet?«

»Nur dass niemand sich an sie zu erinnern scheint. Unsere Beschreibung war aber auch sehr vage.«

»Und niemand hat den Wagen gesehen?«

»Anscheinend nicht.«

»Also grundlegend haben Sie gar nichts?«

»So kann man das auch formulieren.«

»Irgendwie muss die Frau ja in das Gebäude gekommen sein«, kommentierte Hanni.

»Und dazu musste sie einen Grund haben, wenn sie nicht dort wohnte«, argumentierte ich weiter.

»Demnach musste sie jemanden im Haus kennen ...«, sagte Hanni.

»Wenn sie jemanden kannte, dann entweder Familie ...«

»... oder Job«, vervollständigte Hanni. »Wie viele Menschen leben dort allein in einer Wohnung?« Sie sah Chollet an, der den Blick an seinen Kollegen weitergab. Dieser blätterte in seinem Notizbuch.

»Nun, zwei Wohnungen pro Stockwerk, drei Stockwerke. Auf die sechs Wohnungen konnten wir mit vier Parteien reden. Zwei waren nicht zu Hause. Es gibt eine ältere Dame im zweiten Stock und einen Lehrer im dritten, die allein wohnen. Aber der Lehrer besitzt kein Auto.«

»Warum allein?«, fragte Chollet.

Hanni strafte ihn mit einem mitleidigen Blick. »Nun ja, ist wohl das Naheliegendste, oder nicht?«

»So logisch erscheint mir das nicht«, sagte Chollet vorsichtig.

»Nun ja, es ist doch offensichtlich, dass wenn mehrere Personen zugegen sind, die Chance sich verkleinert, dass jemand bei der Behauptung lügt, diese Frau gesehen zu haben.«

»Weil die anderen zugegen waren?«

»Natürlich. Zudem suchen Sie nicht nur eine Frau, sondern zwei Personen. Wenn wir davon ausgehen, dass beide nicht im Haus wohnen, dann würde ich sagen, die Frau kam wegen ihm. Die Frage ist nun, wie hat er das angestellt, dass die Frau bei diesem Wetter dort aufkreuzt? Und warum?«

Knötchenrand und Fallmasche

»Na ihr Hübschen, was darf ich euch Gutes tun?« Die Bedienung legte ein Plateau mit leeren Flaschen und Gläsern auf den Tisch, die sie auf benachbarten Tischen eingesammelt hatte. Den Lappen behielt sie in der Hand, mit der sie ihre Hüfte stützte.

Sowohl Hanni als auch ich brauchten nach diesem Cholles'ken Intermezzo etwas Stärkendes.

»Wir brauchen etwas Starkes«, sagte Hanni zu der rundlichen Frau mit den stahlblauen Augen und den schulterlangen braunen Locken. Sie trug eine Bluse, die mehr für die Spitzen ihrer Unterwäsche Werbung machte als für ihre Figur. Das gutmütige Lächeln machte das aber wieder wett.

»Kann ich mir vorstellen. Ihr seid ja ganz blass. Ich hab da genau das Richtige für euch.« Sie zwinkerte Hanni zu und nahm das Serviertablett wieder an sich. Den Geräuschen zufolge, die daraufhin von der Bar zu uns drangen, ging sie nicht wirklich zimperlich mit dem Abgeräumten um.

Hanni entledigte sich ihres Mantels und lehnte sich zurück. Die Gaststube war ganz in Holz gehalten. Der Boden, die Wände, die Decke, die Tische und Stühle. Rotweiß karierte Vorhänge verdeckten alte Doppelglasfenster nur teilweise. Kleine Schlaufen hielten sie fest. Die rustikale Einrichtung erklärte vielleicht den Namen des Etablissements: ›Zur guten Hoffnung‹.

Die hatten es definitiv mit den Namen in diesem Ort.

Als die Wärme auch mich zum Mantelausziehen bewegte, war die gute Frau zurück. Sie stellte uns je ein gefülltes Schnapsglas vor die Nase und dann gleich eine mit Korken verschlossene Flasche auf den Tisch.

»Falls es einen zweiten braucht. Und es braucht immer einen zweiten.« Sie lachte und verließ uns für einen Mann am anderen Ende der Schankstube, der seine Zeit mit einem Bier teilte. Ich beobachtete, wie sie sich zu ihm setzte.

»Na dann ...« Hanni hob ihr Glas.

Ich tat es ihr nach. »Auf Chollet, die Axt und den ganzen Resten.«

»Und das hässliche Entelein.«

»Den sterbenden Schwan.«

»Wie auch immer.« Hanni leerte ihr Glas als Erste. Und begann sofort zu husten. Mit einer Faust hieb sie mehrmals auf den Tisch ein. Sie war ganz rot geworden. »Scheiße, ist der …«

Hanni war schon immer ein Wehwehchen gewesen. So schnell kann mich nichts beeindrucken. Unsere Bedienung am anderen Tisch blickte zu uns herüber und grinste. Ich prostete ihr zu und trank meinerseits aus. Es brauchte viel Körperbeherrschung, bis das Zeugs im Magen war. Die Hitze trieb mir Tränen in die Augen und ich hoffte, dass sie das von dort drüben nicht sehen konnte. Ich röchelte kurz. Dann breitete sich eine angenehme Wärme aus.

»Sie hat recht. Das braucht mindestens einen zweiten.«

Hanni schenkte nach.

Vor vollen Gläslein teilten wir einen Moment der Stille. Die Luft war mit Käsegeruch geschwängert. Fondue und Bratfett. Hatte ich heute schon etwas gegessen? Seit Ernst mich im Stich ließ, vergesse ich das mit dem Essen öfter. Manchmal muss ich mich dazu zwingen. Manchmal schreibe ich es mir in die Agenda. Aber die finde ich dann plötzlich nicht mehr.

»Das ist nicht gut …«, holte mich Hanni aus meinen Gedanken. Sie streichelte ihr Glas.

»Ich weiß, ich sollte jetzt an mich denken.«

Sie sah mich stirnrunzelnd an. »Man sollte immer an sich denken, Liebes.«

Erst da fiel der Groschen. Sie sprach nicht von mir, sie meinte die Verschwundene.

»Der Polizist sagte, es sei ein anonymer Anruf gewesen.«

Ich sah zum Tisch hinüber. Die Saaltochter hatte sich nach vorn gebeugt und spielte mit ihren Haaren.

»Na und?« Ich sah Hanni wieder an.

»Überleg mal. Wieso anonym? Wir leben hier sehr abgelegen. Ein kleines Dorf. Ein beschauliches Leben. Jeder kennt jeden.«

Ich wurde stutzig. »Du hast recht. Da hat jemand etwas zu verbergen.«

»Oder die Person war dort, sollte sich aber nicht dort aufhalten.«

»Ein geheimes Rendezvous?«

»In schlafenden Orten schlafen nicht alle immer in ihrem Bett.«

»Na, dann ... auf die Schläfelchen!«

Wir kippten das zweite Glas hinunter. Der Effekt war der gleiche. Hanni klopfte wieder mehrmals auf den Tisch und mir blieb der Atem weg.

»Meinst du, wir sollten da mal ein Auge drauf werfen?«

»Das ist doch nicht wirklich eine Frage, oder?«, entrüstete ich mich.

»Dieser Ort ist so beschaulich und verschlafen. Bin gwundrig, was wir finden, wenn wir mal die Maschen fallen lassen und am Knötchenrand entlang suchen.«

»Achtung, Servierdüse auf drei Uhr.«

In fremden Laken

»Na, ihr Hübschen? Ist euch ein wenig wärmer?« Sie nahm sich einen Stuhl, drehte ihn um und setzte sich rittlings drauf. »Ich habe euch hier noch nie gesehen. Wie kommt's?«

Hanni warf mir einen belustigten Blick zu. »Die Bärbel hier hat sich ein Erbe verdient.«

Die Frau sah mich nun an. Etwas in ihren Augen sprach von Vorsicht, was mein Interesse natürlich weckte. »Das B&B«, sagte ich.

»Dann bist du die Witwe Zumstein?«, fragte sie und nahm die Flasche zur Hand. Ich winkte ab, aber sie füllte mein Glas trotzdem. »Geht aufs Haus.«

»Was weißt du darüber?«, fragte Hanni unschuldig.

Sie stellte die Flasche wieder auf den Tisch.

»Ich habe mit dem allem nichts zu tun. Bin nur die Moni vom Pub.«

»Die Moni?«

»Nun ja, eigentlich Monja. Aber alle kennen mich als Moni.«

»Seit wann arbeitest du schon hier?«, fragte ich.

Sie sah sich um. »Viel zu lange. Aber die Menschen sind mir ans Herz gewachsen, weißt du.«

»Das glaube ich dir gern.«

»Dann bekommst du ja auch sicher sehr viel mit«, sagte Hanni, die wieder ihr Glas streichelte.

»Na klar. So ziemlich alles. Geburten, Hochzeiten, Schwangerschaften, Todesfälle ...«

»Und Liebschaften auch?«

Sie sah mich interessiert an. »Sagt mal, Mädels, ist das so etwas wie ein Verhör?«

»Aber nicht doch, Moni. Wir hatten einfach einen strengen Abend. Wir waren zum ersten Mal im Haus.«

»Das Cottage steht seit Monaten leer.«

»Das haben wir auch bemerkt. Die Tür war nicht einmal abgeschlossen.«

Moni grinste. »Da haben sich sicherlich auch mehrere heimlich getroffen, wenn du mich fragst.«

»Meinst du?«, fragte ich unschuldig.

»Und dann war noch die Polizei da«, setzte Hanni einen obendrauf.

»Ja, die Geschichte mit der verschwundenen Frau.«

Von wegen verschlafen, dieser Ort.

»Sie dachten, wir hätten etwas damit zu tun.«

»Als würde man jemanden entführen und im gleichen Ort einsperren«, sagte Monja. »Ich liebe Thriller. So einen Fehler würde ich nie machen.«

»Die haben uns ausgefragt«, beklagte sich Hanni. »Als wären wir Diebe.«

»Was weißt du darüber?«, fragte ich Moni erneut. Einen kurzen Augenblick flackerte wieder die Vorsicht in ihren Augen auf.

»Was man sich halt so erzählt ...«

»Das wissen wir schon. Was uns interessiert ist, wieso da anonym angerufen wurde. Und Hanni hier ist sich sicher, dass jemand da in fremden Laken schläft.«

»Bin ich überhaupt nicht! Was wird Moni nun wohl von mir denken?«, entrüstete sich Hanni. Moni blickte von ihr zu mir und zurück. Dann kam etwas Heiteres in ihren Blick.

»Hanni hat eine gute Intuition ...«

»Wusst ich's doch!«

Hanni sah mich triumphierend an.

»Und wer ...?« Ich wagte die Frage.

»Ich würde mir nie anmaßen ...«

»Was wird denn so erzählt?«

»Ich habe gehört, dass dort im obersten Stock oft noch lange Musik zu hören ist, obschon alle Lichter aus sind.«

Ich nickte mehrmals und machte dabei große Augen. Hanni trank ihr Glas in einem Zug aus und klopfte sofort mit der Hand auf den Tisch.

»Scheiße ist das ...«

Moni lächelte. »Das weckt selbst die toten Seelen. Oh!« Sie sah mich verunsichert an. »Tut mir leid, ich ...«

»Schon gut, Moni. Lasst uns auf meinen Ernst trinken.« Ich hob mein Glas.

»Wart. Ich hol mir auch eins.« Moni stand behände auf und verschwand hinter der Bar.

»Ich glaube, wir sollten dort mal anklopfen«, flüsterte Hanni zufrieden. Für eine Antwort reichte es nicht, denn Moni war wieder zurück, schenkte Hanni nach und füllte dann auch ihr eigenes Glas.

»Auf Ernst!«, sagte ich und hob mein Glas. Wir stießen an und tranken aus. Hanni klopfte auf den Tisch, ich unterdrückte meine Tränen und Moni grinste.

Einen Augenblick schwiegen wir gemeinsam. Es roch immer noch nach Fondue. Die karierten Vorhänge zeugten immer noch von schlechtem Geschmack. Der Mann am anderen Ende der Schankstube sah immer noch in sein Bierglas. Und manchmal wagte er einen Blick in Monis Richtung.

»Und was willst du jetzt machen?«, fragte Moni mich.

»Mit dem B&B meinst du?«

Sie nickte.

»Ich möchte dem Ort bei Tageslicht nochmals eine Chance geben.«

»Tu das unbedingt.«

»Warum meinst du?«

»Weil es einen solchen Ort hier braucht.«

»Das klingt nostalgisch.«

Moni schwieg, blickte auf ihre Hände. »Weißt du, deinen Ernst sahen wir hier nie. Wir dachten immer, das Haus gehöre Renate.«

Ich runzelte die Stirn. »Renate?«

Moni nickte. »Sie führte den ›Sterbenden Schwan‹ bis ...«

»Bis was?«

»Moni!« Die Stimme gehörte dem Mann mit dem Bier. Er schien plötzlich ungeduldig zu sein.

»Ihr entschuldigt mich kurz, ja?«

Eine Erkenntnis und kalter Kaffee

Als ich die Augen aufmachte, war ich froh, das Bett nur mit meinen Kopfschmerzen zu teilen. Wie ich heim und in meinen Schlafanzug kam, wusste ich nicht mehr. Meine Kleider lagen auf einem Haufen am Boden. Als ich sie hochhob, stieg mir der Geruch von Käse in die Nase. Mir wurde übel.

»Komme gleich«, murmelte ich, als ich zur Schlafzimmertür hinausging. Ernsts ernster Blick hinter seiner Brille veränderte sich auf dem Foto nicht. Ich seufzte, warf die Kleider in den Altwäschekorb und setzte mich auf die Toilette. Eine metallene Hand musste an meinem Hinterkopf festklemmen. Mein ganzer Schädel zog sich zusammen. Auch nach einer langen Dusche änderte sich daran nichts. Die Haare in einem Badetuch und im Morgenmantel zwängte ich zwei Schmerztabletten aus der Packung und spülte sie mit frischem Kaffee hinunter. Die Wärme der Tasse hielt meine Gedanken in meinen Händen.

War mir übel. Aber wenn ich den Kopf nicht bewegte, ging es einigermaßen.

»Zum Glück musst du mich in diesem Zustand nicht sehen, Ernst.« Ich hatte es laut ausgesprochen. Zum Kopfweh gesellte sich ein Schmerz im Herzen. »Aber wärst du noch hier, hätte ich gestern auch nicht ...«

Lassen wir das.

Die Tasse nahm ich mit ins Schlafzimmer. Gute Tage beginnen mit Ernst und Kaffee. Ich setzte mich auf den Bettrand und betrachtete das gerahmte Foto auf der Anrichte. Es war vor seiner kurzen Krankheit aufgenommen worden. Unser letzter gemeinsamer Sommer. Er sah für immer gut gebräunt aus, während ich langsam alt und schrumplig werden würde.

Ein Schluck Kaffee.

Wenigstens hatte er keine Schmerzen mehr. Ich wusste immer noch nicht, was schlimmer gewesen war. Die Qual der Erkrankung oder das Leid des Nichtstunkönnens. Ich spürte in mich hinein. Sie war wach, die Traurigkeit. Heute hatte sie die Orientierungslosigkeit ebenfalls eingeladen. Aber das lag vielleicht eher am Teufelszeug aus dem Pub ›Zur guten Hoffnung‹.

Ein Schluck Kaffee.

Was würde er nun tun? Am Morgen folgte Ernst stets einem Ritual. Erst Toilette, dann rasieren bei fließendem Wasser. Wie viele Male sprach ich ihn darauf an? Nach einer Dusche zog er sich an. Dabei kamen die Socken immer als Letztes. Manchmal merkte er deren Abwesenheit erst, wenn er Schuhe anziehen wollte. Die Socken zuletzt. Dann holte er die Zeitung.

Mein Blick glitt nach draußen, bis ich merkte, dass ich den Briefkasten von hier aus gar nicht sehen konnte. Und dann Kaffee. Kein Frühstück. Nur Kaffee. Am Küchentisch. Und während die Tasse sich füllte, putzte er seine Brille. Es brauchte einen geschärften Blick, um die Neuigkeiten lesen zu können.

Ein Schluck Kaffee.

Ich seufzte und stellte meine Tasse auf den Boden. Dann entnahm ich der Schachtel ein Streichholz und zündete die Kerze neben dem Bild an. Das war nun mein morgendliches Ritual. Vom Stapel quadratischer weißer Kärtchen nahm ich eins an mich. ›Herzenfrieden‹ kam mir spontan in den Sinn. Mit einem goldenen Stift schrieb ich drauf, was ich ihm heute wünschte. Das Kärtchen zündete ich an der Kerze an und legte es in den übergroßen Aschenbecher, wo es langsam verbrannte. Ein wohliges Gefühl der Geborgenheit überkam mich, wie ich mir vorstellte, dass sich der Wunsch nun in Luft verwandelte und seinen Weg im Unsichtbaren zu ihm finden würde.

»Kennst du ein gutes Mittel gegen Kopfschmerzen?«, fragte ich laut, während ich die Tasse wieder an mich nahm. Aber er antwortete nicht.

»Dacht ich mir.«

Ich ließ die Kerze brennen.

Vor dem Schrank im Flur dann die bittere Erkenntnis. Ich besaß so wenig zum Anziehen, dass die Tür nicht mehr richtig schloss.

Und dann klingelte mein Handy.

»Lorelei heißt sie!« Hannis laute Stimme weckte meine Kopfschmerzen.

»Heißt wer?«

»Die Entführte.«

»Woher willst du das wissen?«

»Weil sie ihre Beschreibung im Polizeifunk durchgegeben haben.«

»Du hörst den Polizeifunk?«

»Nur für den, der das wissen darf.«

Sie klang ausgeschlafen und voller Elan. Ein Quäntchen Eifersucht stahl sich in meine Brust.

»Ist unterhaltsamer als jede Tageszeitung. Und die Kirsche auf dem Törtchen ... die haben gleich auch die Adresse durchgegeben, wo sie entführt wurde. «

»Aha.«

»Genau. Aha. Und nun schwing deinen Hintern hierher. Ich habe dir deinen Kaffee schon bestellt. Sonst kaltet der noch aus. Und das wäre doch schade, oder?«

Vom Mustersatz und von Nopenmustern

Als ich die Tür ›Zur guten Hoffnung‹ aufstieß, schlug mir ein köstlicher Duft von Kaffee und Croissants entgegen. Die Wolken in meinem Kopf teilten sich wie das Rote Meer vor Moses und machten einer ungewollten Vorfreude Platz. Einen kurzen Augenblick fühlte ich mich schuldig. Konnte ich? Durfte ich denn? Aber Ernst würde es verstehen, kannte er doch ganz andere Seiten von mir.

Hanni saß vor zwei Tassen Kaffee und biss zaghaft in ein Gipfeli. Ihr Gesicht zeichneten einige Müdigkeitserscheinungen. Moni räumte Geschirr aus einem dampfenden Höllenschlund.

Sie zuckte mit den Schultern. »Hab ihn zu früh geöffnet.«

Ich wünschte ihr guten Morgen und entledigte mich meines Mantels. Der Schankraum war nicht schöner geworden, aber wirkte heimeliger als am Vorabend. Und er war leer.

Ich ließ mich neben meiner Freundin auf die Bank plumpsen. Sie schob mir eine Tasse entgegen.

»Kalter Kaffee macht schön.«

»Morgen, Grummelchen« Ich zwinkerte ihr zu. Doch noch bevor ich ein Zuckertütchen aufreißen konnte, hatte Moni mir auch schon eine dampfende Tasse vor die Nase gestellt.

»Kaffee trinkt man heiß.« Sie mahnte Hanni mit einem strafenden Blick, nahm die andere an sich.

»Sehr aufmerksam von dir«, bedankte ich mich. Hanni zog eine Schnute. Ich leerte triumphierend den Zucker in die Tasse und rührte um. Für einen kurzen Augenblick bildete der Schaum ein Herz.

»Also, Miss Marple. Was steht an?«

Hanni hob eine Augenbraue und musterte mich.

»Hast du denn kein Kopfweh?«, fragte sie argwöhnisch.

»Warum meinst du?«

»Falls du Kopfweh hast, kann ich meins auch dazugeben.«

»Schrecklich«, sagte ich mit einem Seitenblick auf die arbeitende Moni.

»Du sagst es. Fühlt sich an, als hätte ich einen Betonblock im Kopf.« Sie suchte in ihrer Handtasche nach einer Tablette, steckte sie in den Mund und nahm einen Schluck Kaffee.

Und mir ging es gleich besser.

»Ich habe noch etwas länger zugehört.«

»Und?«

»Nun ja, es scheint so, als wäre die Frau tatsächlich verschwunden.«

»Weißt du, wer sie ist?«

»Habe Google nicht gefragt. Aber dem Lehrer können wir die Frage stellen.«

»Derjenige, der bis tief in die Nacht Musik hört?«

Hanni nickte.

»Haben sie denn eine Spur?«

Hanni nickte demonstrativ. »Sie suchen den Wagen.«

»Und über den Entführer?«

»Leider noch keine wirklichen Informationen.«

Jetzt nickte ich meinerseits.

»Wieso entführte er sie nicht bei ihr zu Hause?«

»Weil ihn dort jemand erkennen könnte?«

»Und hier etwa nicht?«

»Vielleicht eine Beziehung, die ein dramatisches Ende fand?«

Ich ging nicht darauf ein. »Und was ist der Zweck der Entführung? Geld?«

»Darüber haben die über Funk nicht gesprochen. Die halten Ausschau nach Lorelei und dem Wagen.«

»Sind eh meistens dieselben Muster. Da steckt immer mehr dahinter. Sonst hätte er sie gleich vor

Ort töten können. Kein Grund also dieses Risiko einzugehen.«

»Dann meinst du, sie lebt noch?«

Ich sah auf meine Armbanduhr. »Es sind noch keine vierundzwanzig Stunden vergangen.«

Ich blickte auf, als Moni mit einem Glas Wasser an den Tisch trat. »Habt ihr schon gehört, wegen der Lorelei?«

Hanni sah sie unschuldig an. »Wegen wem?«

»Lorelei Diesbach. Die Entführte von gestern.«

»Nein, was ist mit ihr?«, fragte ich und tätschelte die Stuhllehne neben mir. Moni ließ es sich nicht zwei Mal sagen und setzte sich.

»Es soll ihr Ex-Freund gewesen sein.«

»Wer sagt das?«

»Eine gute Freundin hat das erfahren. Es soll zwischen ihnen ganz schlimm gewesen sein.«

Hanni warf mir einen vielsagenden Blick zu.

»Aha«, sagte ich. »Und wieso hielt sie sich eigentlich an dem Ort auf, wo sie entführt wurde?«

»Sie arbeitet für das ›Betreutes Wohnen‹-Projekt. Und Elsbeth wohnt ebenfalls dort.«

»Lorelei kümmert sich also um Elsbeth?«

»Jeder im Projekt kümmert sich um jeden. Die haben Schichtenplanung.«

»Dann muss jemand also Zugang zu den Plänen haben, um zu wissen, wann Lorelei dort sein wird?«

Moni nickte nachdenklich. »Elsbeth muss den Alarm ausgelöst haben, denn nur so würde Lorelei zu ihr kommen.«

»Telefonieren die denn nicht, bevor sie zu Hilfe eilen?«

»Manche schon. Lorelei nie. Sie sagt immer, sie habe vom lieben Gott zwei Beine bekommen.«

Moni blickte auf ihre Hände. »Und einen Arsch«, fügte sie hinzu.

Hanni und ich sahen uns an.

»Sagt sie das?«

»Nein, das sage ich.« Sie knetete ihre Handflächen.

»Was meinst du damit?«

Moni blickte mich direkt an. In ihren Augen sah ich Wut, aber auch einen Schmerz, den ich nicht einordnen konnte.

»Lorelei macht gern Hausbesuche.«

»Ich verstehe nicht …«

Moni lachte auf. »Sie tanzt gern auf mehr als einer Bühne gleichzeitig, wenn du weißt, was ich meine.«

»Auf Bühnen, auf denen man Musik bis tief in die Nacht abspielt?«, fragte ich behutsam.

»Genau, von solchen Bühnen spreche ich.«

Was sich nicht verschieben lässt

»Ich beginne diesen Ort zu lieben«, sagte Hanni, während wir die Kirche rechts liegen ließen und der Straße mit dem poetischen Namen ›Gümmenenau‹ folgten. Die hatten es wirklich mit den Namen hier. Die neuen Lofts und die Siedlung lagen direkt neben dem Sportplatz. Von den Balkonen sah man auf einen alten Bauernhof. Dessen Betreiber musste sich geehrt fühlen, dass man ihm vier Betonklötze mit Fensterwänden auf je vier Stockwerken vor die Nase stellte. Eine Katze leckte sich die Vorderpfote an der Fensterfront im zweiten Stock.

»Wer hätte das in einem so malerischen Ort gedacht«, säuselte Hanni mit ironiegetränkter Stimme.

»Die arme Moni. Sich den Freund ausspannen lassen und dann zusehen müssen, wie er von Lorelei rausgeworfen wird.«

»Säg nüt.«

Wir fanden die Nummer 25 ohne Probleme. Die Eingangstür war unverschlossen und so fand ich mich mit einer schwer schnaufenden Hanni im dritten Stock wieder. Sie wies mich an, einen Augenblick mit dem Klingeln zu warten, und stützte sich auf meinem Arm ab. Tja, so gut in Form war sie also doch nicht mehr. Mir wurde noch wärmer ums Herz. Heizten die nicht ein wenig zu fest hier? Es roch nach abgestandenem Wasser. Ironie des Lebens: Die Palme, die den Flur zierte, war vertrocknet. Ich las das Namensschild: Stefan Udry. Schließlich nickte Hanni mehrmals und machte eine Geste, dass ich mich nun bemerkbar machen sollte.

Aufs Klingeln erschien kurz darauf ein Mann in seinen Vierzigern im Karopullover. Eine Lesebrille auf der Nase, ein Rund-um-den-Mund-Bart deckte auch sein Kinn. Sein Blick war verträumt, seine Haare auch. Er trug Cordhosen in einem undefinierbaren Braun und ein Buch, in dem als Lesezeichen sein rechter Zeigefinger steckte.

»Ja, bitte?« Er sah mich an, dann Hanni.

»Guten Tag, ich bin Barbara Zumstein, das ist Hanni Ufholz. Wir hätten einige Fragen an Sie.«

»An mich?«

Ich neigte meinen Kopf ein wenig nach vorn. »Über Lorelei Diesbach.«

»Wer?« Er sah mich verwirrt an.

»Na, Lorelei eben ...«

»Und die Musik, die Sie bis spät in die Nacht abspielen.«

»Die Musik?«

»Na, Sie wissen schon.« Ich machte ihm große Augen.

»Mit Verlaub, das weiß ich nicht.«

»Ach, kommen Sie, das ist doch ein offenes Geheimnis.«

»Wovon sprechen Sie denn?«

Ich wandte mich an Hanni. »Er weiß nicht, wovon ich spreche.«

Sie zuckte mit den Schultern »Sollte er aber.«

»So, nun ist aber genug. Was soll das?« In seiner Stimme kam Unmut auf. Die Verträumtheit in seinen Augen war einer wachen Aufmerksamkeit gewichen.

»Gestern wurde hier eine Frau entführt.«

»Sind Sie auch von der Polizei?«

»Sehen wir denn so aus?«, fragte ich.

Jetzt war seine Verblüffung komplett. Und meine auch. Der Mann wusste anscheinend wirklich nicht, wovon wir sprachen.

»Gestern Abend wurde hier eine Frau entführt. Lorelei«, sagte ich mit intensiver Betonung auf dem Vornamen. Aber auch diesmal gab es keine Reaktion bei Udry.

»Und was wollen Sie jetzt wissen?«

»Kannten Sie die Frau?«, fragte Hanni.

Er sah sie nachdenklich an. Dann schüttelte er den Kopf. »Nein. Und Sie sollten die Ermittlungen der Polizei überlassen.«

Ich wusste nicht, was ich sagen sollte und auch Hanni fehlten irgendwie die Worte.

»Na dann, einen schönen Tag noch.« Und schon hatte er die Tür zugemacht.

»Der hat sicher etwas zu verstecken!«, sagte Hanni.

»Hab ich gehört!«, kam es von hinter der Tür.

Hanni rümpfte die Nase. Was sollten wir nun tun? Ich zeigte mit dem Zeigefinger auf die Treppe nach unten. Hanni nickte und so stiegen wir einen Stock tiefer.

Elsbeth Fontana öffnete die Tür beim zweiten Klingeln. Wieder stellte ich uns vor.

»Und wie kann ich Ihnen helfen?«

Unten hörte ich die Eingangstür sich öffnen.

»Es geht um Lorelei.«

»Sind Sie von der Polizei?«

Ich verkniff mir meine blöde Bemerkung. »Wir wollten wissen, weshalb Sie den Alarm ausgelöst haben.«

Schritte waren auf der Treppe unter uns zu hören.

»Alarm? Ich habe doch Ihren Kollegen bereits gesagt, dass ich geschlafen habe ...«

»Aber ...«

»Ich habe den Alarm nicht ausgelöst.«

»Können Sie sich an den Nachmittag erinnern? Was haben Sie gemacht?«

Sie überlegte kurz. »Nun ja ... habe meine Sendung am Fernsehen geschaut. Dann kam Marcel zu Besuch und hat Kuchen mitgebracht. Das ist mein Enkel. Und dann habe ich geschlafen. Und dann kam die Polizei. Ist Lorelei etwas passiert?«

»Wir ...«

»Das reicht, Frau Fontana.«

»Ach, da sind ja Ihre Kollegen.«

Ich drehte mich um. Auf dem letzten Absatz stand Chollet, dahinter sein Kollege.

»Frau Zumstein, wir müssen reden.«

»Wir sind gerade im Gespräch«, ließ ich ihn wissen.

Er sah mich mit gerunzelter Stirn an. »Ich fürchte, das lässt sich nicht verschieben.«

Ein Löffel wird abgegeben

Kurz darauf saßen wir auf dem Rücksitz eines Streifenwagens.

»Wir haben nichts gemacht«, protestierte Hanni genervt, während Chollets Kollege die Tür schloss und auf der Fahrerseite zustieg.

»Wir sind doch keine Verbrecher«, beschwerte sich Hanni weiter. Ihr Kopf war rot, ihr Atem ging stockend.

Chollet sah sie im Rückspiegel an.

»Normalerweise reagieren nur Menschen so wie Sie, die etwas verheimlichen wollen.«

»Der Mann im dritten Stock verheimlicht etwas, nicht ich.«

»So, so.«

»Und mit dem Enkel von Elsbeth müssen Sie einmal reden. Er kam bei ihr am Nachmittag zu Besuch«, sprudelte es aus ihr heraus.

»Aha«, sagte Chollet nur, als der Wagen sich in Bewegung setzte.

»Wohin geht es denn?«, fragte ich.

»Bis ans Ende der Straße.«

Ich runzelte die Stirn. »Aber da steht das B&B.«

»Genau.«

»Was ist los?«, fragte ich alarmiert.

Ich spürte Chollets Blick im Rückspiegel auf mir ruhen.

»Was hat das mit uns zu tun?«, fragte Hanni. Sie war beleidigt, ganz klar.

»Ich glaube, jetzt fängt das Ganze erst an«, sagte Chollet.

»Sie ist tot, nicht wahr?« Ich äußerte mein plötzliches Unbehagen.

Chollet antwortete nicht.

»Und Sie haben sie in meinem Cottage gefunden.«

Hanni sah mich mit großen Augen an und artikulierte stumm Wörter, die ich nicht verstand. Ich seufzte und schaute aus dem Fenster.

»Was machten Sie eigentlich bei dem Udry und der Fontana?« Die Frage klang, als interessierte es ihn nicht wirklich.

Gefährlich.

»Was wir dort machten? Na ...«, begann Hanni. Ich legte ihr die Hand auf den Arm, was Chollet sicher nicht entging. Aber Hanni beruhigte sich. »Wir wollten ihr ein paar Fragen stellen.«

»Welche Fragen?«

»Wir wollten uns vergewissern, dass das, was uns zu Ohren gekommen ist, auch stimmt.«

»Sie werden kooperativer sein müssen. Warum nicht einfach die Karten auf den Tisch legen?«

Der Wagen hielt bei der Auffahrt des B&B, aber keiner der Polizisten machte Anstalten auszusteigen. In der Einfahrt sah ich einen weiteren Streifenwagen und eine Ambulanz. Ein Uniformierter stand vor dem Eingang Wache.

Chollet drehte sich zu uns um.

»Ich fange an. Wir haben eine anonyme Entführungsmeldung gestern Abend. Wir treffen Sie beide im verlassenen B&B. Heute finden wir in eben jenem Haus ...« Er überlegte kurz. »... und Sie können wir an der Adresse abholen, an der die Entführung stattfand. Wie sieht das denn aus?«

»Wir können alles erklären.«

»Das will ich hoffen. Als Erstes möchte ich wissen, wie Sie beide den Namen der Verschwundenen herausgefunden und woher Sie die Adresse haben.«

Ich sah Hanni an und neigte meinen Kopf ein wenig zur Seite. Chollet entging auch diese Geste nicht.

Hanni seufzte. »Ich hab es am Funk gehört«, gab sie kleinlaut zu. »Ich weiß auch nicht ... bin durch die Frequenzen und dann plötzlich kam die Meldung.«

»Durch die Frequenzen ... so, so.«

Chollet sah seinen Kollegen an. Einen Augenblick sagte er nichts. Dann kam Bewegung in ihn. »Na, dann wollen wir mal.«

In der Empfangshalle waren große Scheinwerfer aufgebaut worden. Das klare Licht half nicht, mir den Raum sympathischer zu machen. Auf einem der verschlissenen Sofas lag ein weißes Laken. Es zeichnete die Konturen eines Körpers. Mir schauderte. Ich wandte meinen Blick ab.

»Die Axt fehlt«, wisperte ich. Chollet sah mich verständnislos an.

»Die Axt?«

Ich zupfte an Hannis Ärmel. »Zwick mich oder war da nicht eine Axt gestern?«

»Aber klar. Ich habe sie hierhin geschmissen ... oh!« Hanni sah Chollet erschrocken an. Alle Farbe war aus ihrem Gesicht gewichen.

»Mit einer Axt ...?«

Einen kurzen Augenblick huschte ein Anflug von Heiterkeit über sein Gesicht. »Nein, nicht mit der Axt. Aber der Hinweis könnte wichtig sein.«

Hanni nickte mehrmals schnell hintereinander und Chollets Kollege notierte sich etwas in seinem kleinen Notizbuch.

»Möchten Sie nun bitte herkommen?« Chollet stand neben der Leiche. Ich trat näher.

»Ich möchte wissen, ob Sie die Person schon mal gesehen haben.«

Vorsichtig hob er einen Zipfel des Tuches hoch. Vor Schreck machte ich einen Schritt zurück. Tote sah ich selten. Und auch wenn das Gesicht unversehrt war und die Augen geschlossen, so wurde mir doch übel.

Bei einem war ich mir aber sicher. Den toten Mann hatte ich noch nie in meinem Leben gesehen.

Von Rippenbündchen und Steppnähten

»Na, das sind doch gute Nachrichten. Ihre Lorelei lebt noch«, sagte Hanni. Chollet strafte sie mit einem Blick, der sie nicht wirklich beeindruckte. »Können wir jetzt gehen?«

»Haben Sie den Mann schon mal gesehen?«, fragte Chollet mich.

Ich schüttelte den Kopf. Mir wurde heiß. Tränen schossen mir in die Augen. Für einen Augenblick sah ich Ernst vor mir, wie sie ihn aus der gemeinsamen Wohnung brachten. Auch er war zugedeckt worden.

»Ist alles in Ordnung?«, fragte Chollet. Sein Blick war besorgt.

Ich nickte tapfer und schluckte die Tränen hinunter. Sprechen konnte ich nicht.

Hanni trat an mich heran und tätschelte mir den Rücken. »Wird schon wieder, Liebes.«

Für solche Sätze hätte sie eine Ohrfeige verdient. Nein, gleich zwei. Wut kam hoch.

»Wissen Sie, sie hat ihren Mann vor nicht allzu langer Zeit verloren«, erklärte sie dem Polizisten.

Ich habe Ernst nicht verloren. Aber wiederfinden kann ich ihn nicht mehr. Ein Druck auf meiner Brust ließ meinen Atem stocken. Ich schloss die Augen.

»Mein aufrichtiges Beileid«, sagte Chollet. »Das hier muss für Sie sehr schwer sein. Dafür möchte ich mich entschuldigen.«

Ich nickte.

»Ich wünsche Ihnen viel Kraft.«

Ich nickte abermals.

»Dürfen wir jetzt gehen?«, fragte Hanni.

Chollet tauschte einen Blick mit seinem Kollegen, der nickte und sein Notizbuch in einer Tasche verschwinden ließ.

»Danke«, sagte ich und wandte mich langsam dem Ausgang zu. Hanni hielt mich am Arm.

»Noch eine Frage.« Ich drehte mich zu Chollet um. »Kennen Sie den Mann?«

Einen Augenblick sah er mich ernst an, dann schüttelte er den Kopf. »Nein, leider nicht. Er hat auch keinen Ausweis bei sich.«

Ich nickte. »An was ist er gestorben?«

Chollet suchte den Blick seines Kollegen, der die Schultern hob.

»So wie es aussieht, wurde er erstochen.«

»Messer?«

»Nein, dafür ist die Wunde zu klein. Etwas Langes und Spitzes ... vielleicht ein Schraubenzieher.«

»Oder eine Stricknadel?«

Er sah mich mit gerunzelter Stirn an.

»Warum eine Stricknadel?«

»Sie geben mir sicher recht, wenn ich annehme, dass er etwas mit Loreleis Verschwinden zu tun haben könnte, oder?«

»Mag sein.«

»Lorelei wurde bei Elsbeth Fontana entführt. In ihrem Eingang habe ich einen Korb mit Strickzeug und Nadeln stehen sehen.«

»Wie lang sind solche Stricknadeln?«

»Manche können bis zu dreißig Zentimeter lang sein«, mischte sich Hanni ein.

Chollets Kollege hatte wieder sein Notizbuch gezückt und notierte etwas.

»Sie bleiben erreichbar, ja? Wir haben vielleicht noch Fragen.« Das war keine Aufforderung. Es klang wie ein Befehl.

»Noch was ...«

»Ja?« Ich strapazierte sichtlich seine Geduld.

»Woher wussten Sie, wo wir uns befanden?« Ich sah ihm direkt in die Augen. Er bewegte sich keinen Millimeter.

»Moni war sehr hilfreich.«

»Verstehe. Danke.«

An der Tür hielt ich mit der Hand auf der Türfalle schnell inne. Hanni tätschelte meinen Arm. »Wird schon gut, Liebes.«

Draußen atmete ich einmal tief durch. Der Schwindel ließ nach.

»Wir müssen in die Garage«, sagte ich bestimmt.

»Ist etwas mit deinem Wagen?«

»Nein, es geht um einen Schlüssel.«

»Ich muss gestehen, ich kann dir nicht folgen.«

Ich blickte zurück auf die geschlossene Eingangstür des B&B. Dann erinnerte ich mich der Präsenz des Uniformierten.

»Ich erkläre es dir später. Lass uns von hier verschwinden.« Ich nickte dem Uniformierten zu.

»Gute Idee. Wird mir langsam kalt hier. Was für ein Ort.«

Ich achtete auf meine Schritte, bis wir das Grundstück verlassen hatten. Mein Kopf fühlte sich schwer an. Ich hatte plötzlich Angst, der Länge nach hinzufallen. Mein Wagen stand immer noch vor dem Pub. Ich öffnete die Türen auf Distanz und konnte nicht schnell genug hinter dem Steuerrad Platz nehmen.

»Was ist eigentlich los?« Hanni gurtete sich an. »Warum die Garage?«

»Liebes, hast du einen Blick auf die Tür geworfen?«

»Ich hab nichts bemerkt.«

»Eben, es gibt keine Spuren eines gewaltvollen Eindringens.«

»Aha, und?«

»Und wenn jemand einen Schlüssel zum B&B hat?«

Sie sah mich mit offenem Mund an. »Glaubst du? Wie gruselig«

Einen Augenblick blickte sie auf den Eingang ›Zur guten Hoffnung‹. Dann fiel der Groschen. »Natürlich. Der Schlüssel. Die Garage. Der Mann über der Garage. Wie konnte ich nicht selbst darauf kommen?«

»Und jetzt die Frage der Fragen: Warum wurde mein Kanapee dazu benutzt, einen Toten loszuwerden?«

»Du hättest es sowieso wechseln müssen. Diese Rippenbündchen ... und wer hat bloß diese schreckliche Farbe ausgew...«

»Hanni!«

»Ist ja gut. Du hast recht. Es sah inszeniert aus.«

»Jemand wollte a, dass man ihn schnell findet, und b, dass man ihn dort findet.«

Es wird ihm kein Kropf wachsen

»Wo ist meine Axt?«

Die Frage überforderte Klaus Zahrli so sehr, dass er ganz blass wurde. »Ich ... ich ...«, stotterte er.

»Ja was nun?«, hakte Hanni ein und machte einen Schritt auf ihn zu. Zahrli wich von der Tür zurück. Seine Wohnung lag über der Garage. Wir mussten den Gebäudekomplex umrunden, um die Klingel drücken zu können.

Zahrli trug eine blaue Latzhose, einen Dreitagebart und starrte uns aus blutunterlaufenen Augen an.

»Wo ist die Axt?«, wiederholte ich langsam. Er sah von mir zu Hanni und zurück. »Ich weiß doch nicht ... welche Axt?«

»Die, die im B&B in der Wand steckte«, sagte Hanni ruhig und trieb ihn immer weiter den Flur entlang, bis wir im Wohnzimmer standen. Ein Schäferhund hob müde den Kopf, um ihn gleich wieder niederzulegen. Es roch nach Alkohol und

Braten. Das Zimmer war einfach eingerichtet. Ein blaues Sofa, ein Couchtisch mit Aschenbecher, Bierflasche und zwei Gläsern, ein übergroßer Fernseher, der stumme Bilder ins trübe Licht des Wohnraums warf. Die Fenster verdunkelten halb gezogene, dicke Vorhänge. An der Wand hing das eingerahmte Bild einer Strandpromenade mit Palmen. Am Rahmen klebten kleine Fotos. Ich trat näher.

Der Hund hob wieder den Kopf, blieb aber liegen.

»Sie war gestern noch im B&B und heute ist sie weg«, fuhr Hanni fort. Die Aufnahmen zeigten immer dieselben Kinder. Auf der einen schätzte ich sie auf vier oder fünf, auf anderen waren sie deutlich größer. Lachende Gesichter und Grimassen eines Lebens, das in diesem Ort so fremd wirkte.

Ich drehte mich zu ihm um. »Wer hat noch einen Schlüssel zum B&B?«

Zahrli wusste sein schlechtes Gewissen nicht zu verbergen. Er kratzte sich unbeholfen am Kopf. »Ich hätte es erwähnen müssen.«

»Das wäre hilfreich gewesen, ja.«

»Ich weiß es nicht.«

»Sie wissen es nicht?«, fragte sie spitz. Einschüchtern konnte sie. Der Mann sah zu Boden.

So kamen wir nicht weiter.

Und er tat mir leid.

»Warum erzählen Sie uns nicht von Anfang an? Wie kamen Sie überhaupt zu den Schlüsseln?«, sagte ich sanft. Ich bin der gute Cop. Er sah mich dankbar an. Ein weiteres Mal kratzte er sich am Kopf.

»Das ist eine lange Geschichte. Aber Sie müssen wissen, dass es keine einfache ist. Ich ... nun ich kümmerte mich um den Garten. Die Renate kümmerte sich hingebungsvoll um das Innere.«

»Das ist Geschmackssache«, sagte Hanni. Er sah sie irritiert an.

»Äh, ja ... ich weiß nicht ... jedenfalls brauchte sie jemanden, der ihren Garten pflegte und auch hin und wieder was reparieren konnte.«

»Hatte sie denn keinen Mann?«, fragte ich.

Er schüttelte traurig den Kopf. »Den fand man ab neun Uhr morgens im Pub beim ersten Bier. Hat sehr viel getrunken. Und geholfen hat er überhaupt nicht, dieser Mist...« Er brach ab.

Ich konnte Wut spüren. Und Resignation.

»Ich half, wo ich konnte. Aber es hat nicht ausgereicht. Und dann ist er gestorben. Sein Herz stand still. Renate fand ihn in einem der Gästezimmer. Er muss fast einen ganzen Tag dort gelegen haben. Zwei Komma sieben Promille. Die Arme war am Boden zerstört.«

Er machte eine kleine Pause, die selbst Hanni nicht zu unterbrechen wagte.

»Renate war eine tapfere Frau. Aber ich konnte das Schlimmste nicht verhindern.«

»Sie waren nicht für ihn verantwortlich.«

»Ich meine nicht ihn. Es begann einige Tage nach der Beerdigung. Geräusche im Haus. Sachen, die nicht mehr dort standen, wo sie hingehörten. Schritte auf dem Dachboden. Einmal fiel ein ganzes Regal im Weinkeller in sich zusammen. Ohne Grund.«

Sein Blick trübte sich. »Die Menschen begannen zu erzählen. In Kürze war bekannt, dass es im B&B spukte. Renate hat sich Hilfe geholt. Jemand, der mit den Geistern kommunizieren kann. Das Medium sagte, ihr verstorbener Mann wolle nicht gehen. Das war zu viel für die arme Frau. Und mehr noch ... aufgrund dessen blieben die Gäste aus. Ein Jahr später musste sie Konkurs anmelden. Sie ist innerlich daran zerbrochen.«

»Wo ist Renate jetzt?«

Er schüttelte den Kopf. »Man hat sie versorgt. Zu ihrem Besten, wie sie sagten. Ich bin mir da nicht so sicher. Man wollte sie weghaben. Und mit ihr diese Spukgeschichten. Das war vor zwei Jahren.«

»Haben Sie den Kontakt gesucht?«

»Das habe ich versucht. Ich brachte es nicht übers Herz, sie zu besuchen. Vielleicht hätte ich es tun sollen. Wer weiß das schon. Und als ich dann durch den Anwalt angewiesen wurde, den Schlüssel zu überreichen, da war mir irgendwie leichter ums Herz.«

Mich schauderte. Nicht nur Renate war an der Sache zerbrochen, wie es schien.

»Und was ist jetzt mit dem Schlüssel?«, fragte ich sanft.

»Der Schlüssel?«

»Ja, Sie erwähnten, dass einer fehle.«

»Ja, einer fehlt. Ich hab ihn nie mehr gefunden. Es gab fünf Schlüssel. Einen hatte Renate, einen ihr Mann, einen ich und zwei waren in Reserve. Ich habe Ihnen vier davon gegeben.«

»Welcher fehlt denn?«

»Wenn ich richtig liege, ist es seiner, der nie mehr auftauchte.«

Der Teufel und das Detail

»Ganz herzliche Gratulation zu deinem Spukhaus«, sagte Hanni, als wir wieder im Auto Platz
nahmen.

»Mal ganz ehrlich, für wie viel könnte ich den
Platz verkaufen?«

»Verkaufen? Den will doch niemand kaufen.«

»Ich bin mir nicht sicher, dass ich das B&B haben
will.«

»Da erzählt einer eine tragische Geschichte und
schon wirfst du alles hin?«

»Der Mann ist in einem der Zimmer gestorben.«

»Und andere haben im selben Zimmer gevögelt.
Shit häppens.«

Ich dachte über ihre Worte nach.

Und je mehr ich nachdachte, desto mehr fühlte
ich mich Renate verbunden. Und Ernst. Schließlich
hatte er es sein eigen genannt. Läge ihm nichts am
B&B, hätte ich es gar nicht erben können. Auch
wenn ich nichts davon mitbekommen habe. Um

Geld kümmerte immer er sich. Und solange ich es ausgeben konnte ... ach, Ernst, was soll ich bloß tun?

»Kopf hoch, Schwesterchen. Wir haben zu tun. Es gibt zwei Personen, die ich brennend gern kennenlernen möchte. Elsbeths Enkel und ...«

Ich seufzte. »Loreleis Ex-Freund?«

»Genau. Obschon ich nicht verstehe, wie er hätte den Alarm auslösen können, ohne dass Elsbeth etwas davon mitbekommt.«

»Sie sagte, sie schlief.«

»Das konnte er unmöglich wissen. Man dringt nicht einfach so in eine Wohnung ein, um einen Alarm auszulösen.«

»Das gilt auch für den Enkel. Wenn er etwas mit ihrem Verschwinden zu tun hat, muss er es minutiös geplant haben. Was könnte seine Verbindung zu Lorelei sein?«

»Stellt sich die Frage nach dem Motiv.«

»Wir wissen ja, dass sie gern Hausbesuche machte.«

»Eifersucht?« Hanni schien von ihrer Frage nicht überzeugt.

»Ist Loreleis Ex-Freund auch Monis Ex-Freund?«

Hanni nickte nachdenklich. »Der Gedanke ist mir natürlich auch schon gekommen.«

»Das wäre ja mal ein interessanter Ansatz.« Meine Überlegungen führten mich zu einer ersten Theorie.

»Monis Freund lässt sich auf Lorelei ein, wird dann abserviert. Er kennt Loreleis Alltag, weiß wie die Sache mit dem Alarm und dem Schichtplan funktioniert. Wie kommt er aber an den Schichtplan heran? Und warum gerade Elsbeth?«

»Könnte es sein, dass Elsbeth Zufall war? Es ging nicht um sie per se sondern um den Zeitpunkt?«

»Es ging um den Ort, Hanni. Wenn er die Entführung plante, war der Ort von größter Wichtigkeit. Man sollte schnell halten und schnell wieder wegfahren können. Und ohne dabei allzu viele Zeugen zu haben. Also wieso dort?«

»Und wo ist Lorelei jetzt?«

»Wenn der Tote im B&B ihr Entführer ist, wird er es uns sicher nicht mehr sagen.«

»Und wenn er nicht der Entführer ist?«, fragte Hanni.

Ich schwieg.

»Okay, willst du meine Theorie hören?«

Ich schüttelte stumm den Kopf.

»Ich sage sie dir trotzdem. Also Ex-Freund entführt Lorelei. Sie lässt Stricknadeln mitgehen. Er bringt sie ins B&B, wo sie ihn in einem Moment der Unaufmerksamkeit ersticht. Dann flüchtet sie.«

»Warum das B&B? Und warum sollte sie flüchten?«

»Du bist auch nie zufrieden, Schätzele. Ich frage mich, wie ...«

Sie verstummte, als ich ihr einen bösen Blick zuwarf.

»Ist ja gut. Nochmals von vorn. An was sieht man, dass jemand entführt wird?«

»Die Entführte leistet Widerstand.«

»Der Entführer trägt die Bewusstlose auf den Armen.«

Und dann fiel uns auch schon nichts mehr ein. Der Teufel sitzt bekanntlich im Detail. Der Teufel in unserem Fall saß auf der Motorhaube und lachte.

»Wir müssen wissen, wer angerufen hat.«

Und damit startete ich den Motor. »Aber zuerst brauche ich einen Kaffee.«

Als wir am B&B vorbeifuhren, stand der Streifen-wagen immer noch draußen. Ich parkte vor dem Pub, als Chollet und sein Kollege herauskamen. Instinktiv duckte ich mich, aber sie sahen mich natürlich. Ich nickte ihnen zu und erntete eine gehobene Augenbraue.

»Können die auch einmal lächeln?«, fragte Hanni neben mir und sprach damit aus, was mir eben durch den Kopf ging.

»Vielleicht dürfen sie das nicht.«

»Du meinst so eine Art Dienstvorschrift?«

Ich zuckte die Achseln und öffnete die Tür. »Wer weiß.«

Gleich beim Eintreten wusste ich, dass etwas nicht stimmte. Moni stand nicht hinter dem Tresen. Der Saal war leer. Sie saß am runden Tisch und drehte uns den Rücken zu.

»Was ist denn das für eine Beerdigungsstimmung hier ...«, sagte Hanni fröhlich. Ich gab ihr einen Ellbogen in die Rippen.

»Aua, was ...?« Ich nickte in Richtung Moni.

Hanni machte große Augen, verstummte aber.

»Moni?«, fragte ich sanft und legte ihr eine Hand auf die Schulter. Sie hatte rote Augen.

»Was ist passiert, Liebes?«

Ohne mich meines Mantels zu entledigen, setzte ich mich neben sie.

»Sie haben ihn gefunden.«

»Wer hat wen gefunden?«, fragte Hanni.

Ich machte ihr große Augen.

»Ist ja gut, ist ja gut. Ich sage nichts mehr. Willst du auch etwas trinken?«, fragte sie Moni, die den Kopf schüttelte. Hanni entfernte sich in Richtung der Theke und ich sah aus den Augenwinkeln, wie sie sich an der Kaffeemaschine zu schaffen machte. Ich betete, dass sie wusste, was sie da tat.

»Was ist geschehen?«, fragte ich sanft.

»Sie haben Christian gefunden.«

»Christian?«

»Meinen Ex.«

Ich nickte, wartete.

»Er wurde erstochen.«

In diesem Moment wusste ich, wer der Tote in meinem B&B war.

»Er hatte nicht einmal einen Mantel dabei, sagten sie.« Sie schniefte und ich holte eine Packung Taschentücher hervor, die ich ihr reichte.

»Mein aufrichtiges Beileid, Moni.«

Sie sah mich dankbar an.

Was nicht glücklich macht

»Ein Verdächtiger weniger«, wetterte Hanni. »Ich war überzeugt, dass er Lorelei entführt hatte.«

Ich antwortete nicht. Wenn nicht der Ex-Freund der Entführer von Lorelei war, wer dann? Zum ersten Mal wurde mir bewusst, dass wir viel zu wenig über Lorelei selbst wussten. Und wenn sie einen Freund abgeworben hatte, gab es ja vielleicht auch noch andere. Wir konnten aber unmöglich einfach so bei Familienmitgliedern und ihren Bekannten vorbeischauen und Fragen stellen. Dann fiel mir Elsbeth wieder ein. Sie musste Lorelei doch ziemlich gut kennen. Jemand, der dich pflegt, wird irgendwann zur Vertrauensperson.

Ich teilte den Gedanken mit Hanni.

»Uh ja, lass uns Elsbeth einen weiteren Besuch abstatten.« Sie klatschte in die Hände, während ich den Wagen vom Parkplatz fuhr. Manchmal konnte sie richtig kindisch sein.

»Die arme Moni«, gab ich zu bedenken. Hanni ließ sich die Vorfreude nicht verderben.

»Der hätte sie sowieso nicht glücklich gemacht.«

»Wie kannst du sowas sagen?«

»Wie kannst du sowas fragen? Immerhin besaß er die Indezenz, in deinem Spukhaus zu sterben!«

»Und gerade da ist das Problem. Wir wissen nun, dass da irgendwo ein Schlüssel im Umlauf ist.«

»Nun ja, Chollet und Kollegen haben die Tür am Vorabend sicher nicht abgeschlossen.«

»Das ändert nichts an der Tatsache, dass wir mehr über die Verbindung zwischen Lorelei und dem B&B herausfinden müssen.«

Wir schwiegen kurz, als ich an der Kirche vorbeifuhr. Wieso auch immer.

»Also, der Christian und sein Mörder ...«, sagte ich, während ich den Wagen vor Elsbeth Fontanas Haus parkte, »... der Christian und sein Mörder – aus welchem Grund auch immer – treffen sich im B&B.«

»Die Situation eskaliert, Mann sticht zu. Christian lässt sich aufs Sofa fallen und atmet ein letztes Mal ein. Mörder verschwindet.«

»Ist Christians Mörder auch der Entführer von Lorelei?«

Hanni sah mich verdutzt an. »Also Lorelei wird entführt. Der Entführer nimmt mit Christian Kontakt auf. Du denkst an Erpressung? Aber weshalb sollte Loreleis Ex-Freund dem Aufruf nachkommen?

Warum hat der Entführer nicht ihre Familie verständigt, wenn es um Lösegeld ging?«

Ich stieg aus. »Ich weiß es nicht.«

Die Luft war kühl und wasserschwer. Es roch irgendwie nach Schnee. Woher das Gefühl kam, weiß ich nicht. Ich sah zum Himmel hoch und sah einen Vorhang, der sich bewegte. Meiner Schätzung nach bei Udry. Da kam ich ins Stutzen. Zum ersten Mal fragte ich mich, wo der anonyme Anrufer sich wohl aufgehalten hat, als Lorelei entführt wurde.

»Was ist?«, fragte Hanni.

Ich hob einen Zeigefinger, um ihr zu sagen, sie solle kurz warten. Langsam drehte ich mich um die eigene Achse, ließ mir Zeit, die Umgebung bewusst anzusehen. Viele Orte gab es nicht, von wo man hätte eine Entführung beobachten können. Als ich meinen Blick wieder über die Etagen der Nummer 25 schweifen ließ, bewegte sich abermals der Vorhang im dritten Stock.

»Hanni, an was erkenne ich eine Entführung, wenn ich eine beobachte?«

Sie sah ebenfalls zu Udry hoch. »Keine Ahnung. Der Entführer hat eine Pistole in der Hand? Der Entführer trägt die bewusstlose Frau auf seinen Armen durch den Regen? Der Entführer schleppt einen großen Abfallsack hinter sich her? Ist das wichtig?«

»Ist es. Ich vermute doch nicht gleich eine Entführung, wenn ich einen Mann sehe, der eine Frau am Arm mit sich führt und sie in ein Auto bugsiert.«

»Es sei denn, er erkannte den Entführer oder das Opfer.«

Ich ließ das so, und Hanni neben dem Auto, stehen.

»He, wart auf mich!« Sie holte zu mir auf und ich hielt ihr die Tür auf.

Diesmal nahmen wir es mit den Treppen gemütlicher. Auf mein Klingeln hörte ich Elsbeths Stimme: »Kommt nur herein.«

Ich sah Hanni überrascht an. Die Tür war nicht abgeschlossen.

»Frau Fontana?«

»Immer durchgehen bis ins Wohnzimmer.«

Elsbeth Fontana saß auf einem braunen Ledersessel und strickte im Schein einer gelben Stehlampe. Ein Schal, wie ich sehen konnte. Ich machte eine Geste mit dem Daumen in Richtung Eingangstür.

»Die Tür war offen.«

Fontana winkte ab. »Das ist sie immer. Falls etwas passiert, wissen Sie. Ist sie abgeschlossen, verliert man wertvolle Minuten. Hab ich mal im Fernsehen gesehen. Und jetzt sowieso ... aber, ehrlich jetzt, wer will hier schon reinkommen? Aber Sie kommen sicher nicht wegen der Tür, oder?«

»Nein«, gab ich zu. »Wir hätten Fragen zu Lorelei.«

»Lorelei?« Ein Schatten huschte über Fontanas Gesicht. Sie machte sich Sorgen.

»Dürfen wir uns kurz setzen?«

»Aber bitte. Falls Sie etwas trinken möchten ... die Küche ist gleich nebenan.«

»Ich könnte einen Kaffee vertragen«, sagte Hanni und ich hoffte, dass sie sich zurechtfand.

Während sie den Raum verließ, setzte ich mich auf den Sofarand vor unzählige Kissen. Gestickte Vögel, Blumenmuster und ein gelbes mit der schwarzen Aufschrift BVB 09.

Fontana war meinem Blick gefolgt. »Mein Enkel, der Marcel, hat mir das mitgebracht. Er war in Dortmund für so ein Champions-League-Spiel. Weiß auch nicht, was die heutige Jugend daran findet, so lange Reisen auf sich zu nehmen, um zweiundzwanzig Männern dabei zuzusehen, wie sie einem Ball hinterherjagen.«

»Sie scheinen sich auszukennen.«

Fontana zuckte mit den Schultern.

»Was meinten Sie, als Sie sagten ›... und jetzt sowieso‹?«

Sie legte die Strickwaren in ihren Schoß und runzelte die Stirn. »Habe ich das gesagt?«

»Ja, als wir von der offenen Tür sprachen.«

Ihr Gesicht hellte sich auf. »Genau. Weil der Alarm verschwunden ist.«

»Der Alarm ist verschwunden?« Hanni kam mit einer Tasse Kaffee zurück. Ich machte ihr große Augen, die sie tunlichst ignorierte.

»Möchten Sie auch einen Kaffee, Frau Fontana?«, fragte ich die alte Frau.

Sie sah mich dankbar an. »Ist schon gut. Ich sollte nicht zu viel davon trinken, wissen Sie.«

Hanni setzte sich mit einem Blick, der so viel sagte wie ›Siehste!‹. Ich verdrehte die Augen.

Fontana schob ihre Brille wieder die Nase hoch und nahm ihr Strickzeug an sich.

»Ja, ich finde das Gerätchen für den Alarm nicht mehr. Hab angerufen und bekomme ein neues.«

»Dann ist ja alles gut«, sagte Hanni.

»Was möchten Sie denn über Lorelei wissen? Die Arme. Weiß man, was ihr zugestoßen ist?«

»Nein, noch nicht«, sagte ich und wusste dabei nicht, ob ich die Wahrheit sagte.

»Arme Frau. Sie ist immer so ein Liebes gewesen. Ich mochte ihre Art. Nichts konnte sie aus der Ruhe bringen. Und nichts war der Rede wert.«

»Kennen Sie sie gut?«

»Nun ja, ich hab sie in mein Herz geschlossen. Sie hatte nicht viel Glück mit ihren Männern.«

»Nicht?« Hanni spielte die Überraschte. »Ein so schönes Mädel?«

»Ja, schön ist sie. Aber zu gut. Und auch ein wenig naiv, wissen Sie.«

»Naiv?«

»Sie glaubte an das Gute im Menschen. Und da kam es schon vor, dass sie mal Geld auslieh, das sie sich mühsam erspart hatte.«

Vorhänge bewegen sich nicht von allein

»Da hätte ja jeder reinspazieren können«, echauffierte sich Hanni, als wir das Gebäude verließen. Ich beschloss, nicht darauf einzugehen, öffnete die Tür meines Wagens und blickte auf. Der Vorhang bei Udry bewegte sich wieder. Jemand beobachtete uns. Mit ein bisschen Glück hatten wir mit unserem Besuch jemanden nervös gemacht.

Ich startete den Motor.

»Und der Alarm ist auch weg. Weit hat uns dieser Besuch nicht gebracht.«

»Ich denke doch.«

Hanni sah mir zu, wie ich den Wagen vom Parkplatz fuhr. Anstatt aber die Straße in Richtung B&B zu nehmen, setzte ich zurück und platzierte ihn so, dass wir den Eingang der Nummer 25 im Auge behalten konnten. Ich stand zwar so in der Vorfahrt zum Bauernhof, hatte aber das Glück, dass ein großer Baum und eine Mauer uns grob vor neugierigen Blicken schützten.

»Und was machen wir jetzt?«, fragte Hanni.

Ich machte das Radio an. Stephan Eicher. ›Déjeuner en paix‹. Tja, Zufälle gibt's ... echt.

»Wir warten.«

»Worauf denn?«

»Das wirst du schon sehen.«

Hanni sah mich eigenartig an. Ich schmunzelte. Sie zuckte die Achseln.

»Wie du meinst. Es ist ja nicht so, als dass wir etwas Wichtigeres zu tun hätten, als hier herumzuhängen.«

»Vertrau mir.«

»Das ist ja gerade das Problem.«

Ich seufzte, sagte aber nichts mehr dazu.

Lange mussten wir nicht warten. Bon Jovi löste Stephan Eicher im Radio ab. Und dann kam Eros Ramazzotti. Und dann trat ein Mann aus der Nummer 25. Er trug einen langen Mantel. Um seinen Hals erkannte ich einen Schal in Gelb und Schwarz.

Hanni pfiff durch die Zähne. »Ja, schau mal einer an. Wie hast du das gewusst?«

Ich duckte mich leicht, als hätte er mich auf die Distanz sehen können. »Vorhänge bewegen sich nicht von allein.«

Mit einem Seitenblick sah ich, wie Hanni langsam in ihrem Sitz nach unten rutschte. »Wenn ich nicht mehr hochkomm, musst du mir helfen.«

Ich linste übers Steuerrad. Unser Mann stieg in einen Kleinwagen. Die Bremslichter leuchteten auf. Ich trat schon einmal auf die Kupplung und Bremse. Kurz darauf fuhr er an uns vorbei. Ich startete den Motor.

»Wie wusstest du, dass er herauskommen würde?«

»Er wollte nicht gesehen werden.« Ich fuhr langsam los, hielt gebührenden Abstand.

»War der bei Udry?«, fragte Hanni.

»Ich hatte es schon vermutet.«

»Ich auch.«

»Was denn?«

»Ich ... äh ... na ja ...«

»Marcel kam nicht nur Elsbeth besuchen.«

»Meinst du? Oh! Dann ...« Hanni machte plötzlich große Augen.

»Wenn ich richtig liege, dann haben wir den Mann, der die Polizei alarmierte.«

»Und warum?«

»Weil er nur anonym anrufen konnte, sonst wüssten sie, dass er zu Udry hochging.«

»Aber Udry hat doch oft Damenbesuch?«

»Er hat oft Besuch. Mehr wissen wir nicht. Bisher nahm ich an, es könnte Lorelei gewesen sein, die zu ihm hochging.«

»Na das ist ja allerhand. Aber die Geschichte nimmt Fahrt auf.«

Ich warf ihr einen Seitenblick zu. Sie grinste. Für solche Sprüche mochte ich sie.

»Und was machen wir jetzt?«

Fontanas Enkel fuhr am Pub vorbei und bog in Richtung Laupen auf die Hauptstraße ab. Ich ließ mich etwas zurückfallen, zumal die Straße übersichtlich vor uns lag und ansonsten kein Verkehr da war.

Sie standen vor dem Dancing Old Bridge, kurz vor der Brücke über die Saane. Von Weitem sah ich das Gelb einer Sicherheitsweste aufleuchten.

»Scheiße.«

»Also an deiner Ausdrucksweise ...«

»Die halten den an.«

Wir kamen immer näher. Fontanas Enkel hatte sein Fahrzeug geparkt. Ein Polizist stand daneben. Um ein Haar hätte ich Chollet übersehen, der breitbeinig auf der Fahrbahn stand und mit einer orangefarbenen Kelle winkte. Ich stieg mit beiden Füssen auf die Bremse. Mit einem Ruck kam der Wagen zum Stehen und der Motor erstarb.

»Nicht nur deine Ausdrucksweise musst du mal überdenken.« Hanni schnappte nach Luft.

Das war knapp gewesen. Meine Motorhaube trennte kaum einen Meter von Chollets Beinen. Der Polizist hatte sich während des Bremsmanövers nicht bewegt. Nun kam Leben in ihn. Er schlenderte zur Fahrerseite. Ich öffnete das Seitenfenster.

»Na, das ist aber eine Überraschung!« Er stützte sich mit den Armen ab. »Wohin des Weges?«

»Och, nur 'ne kleine Spritztour«, sagte Hanni.

»Eine Spritztour, so. Und wenn ich nun behaupte, dass Sie diesem Wagen dort folgten?«

»Das würden wir doch nicht, oder?«, wandte ich mich an Hanni.

»Aber wieso sollten wir?«, gab die zurück.

Chollet blickte uns abwechselnd an, während ich zusehen musste, wie der andere Wagen wieder losfuhr. Chollet blickte dem Auto nach.

»Zufälle gibt's echt, oder?«, fragte er.

»Was meinen Sie damit?«

»Nun, war das nicht Elsbeth Fontanas Enkel?«

»War er das?«, fragte ich unschuldig.

»War das der Marcel ... Marcel ... wie hieß er doch gleich?«, fragte Hanni.

»Heger«, sagte Chollet. »Ja, das war er. Und wie groß ist die Wahrscheinlichkeit, dass er und sie beide sich zum selben Moment auf derselben Straße befinden?«

»Keine Ahnung. Mathematik war noch nie meine Stärke.« Hanni verschränkte ihre Arme vor der Brust.

»Lassen Sie die Finger von diesem Fall.«

Er sah uns eine nach der anderen an. »Damit ist nicht zu spaßen. Der Mörder von Christian Dupré läuft immer noch frei herum. Es wäre nicht wünschenswert, dass er von euren Ermittlungsversuchen erfährt.«

»Verstanden«, sagte ich und musste mich zusammenreißen, um nicht loszulachen.

›Unsere Ermittlungsversuche ...‹, hatte er gesagt.

»Gut. Dann wünsche ich gute Fahrt.«

»Danke Officer.«

Chollets Augenbrauen gingen in die Höhe, während ich den abgewürgten Motor wieder startete.

»Wir passen auf«, versicherte ich ihm.

Wir fuhren über die Brücke in Laupen ein. Im Rückspiegel sah ich gerade noch, wie Chollet zu seinem Kollegen ging.

Nach der ersten Kurve auf der Hauptstraße lachten wir los, bis uns die Tränen kamen.

Denn was man Schwarz auf Gelb besitzt

»Google mal den Heger.«

Hanni war längst an ihrem Handy. »Bin ja schon dran.« Sie tippte wie wild auf ihrem Bildschirm herum. »Ja, ja, ich akzeptiere deine Cookies«, grummelte sie. Und dann hielt sie mir triumphierend den Bildschirm vor die Nase.

»Er wohnt in Laupen!«

»Na, dann wollen wir doch mal sehen, wo.«

Minuten später entstiegen wir dem Auto. Es fehlte nur noch die Sonnenbrille, die man lässig zurück ins Auto wirft, bevor man die Tür mit einer nonchalanten Geste zuwirft. Ich war Jessica Fletcher und Mord war mein Hobby. Ich war Jane Marple aus St. Mary Mead. Ich war Agatha Raisin und kam direkt aus London. Ich fühlte mich von Chollets Verbot so elektrisiert, dass ich ohne Probleme den großen Baum im Vorgarten hätte ausreißen können. Also vielleicht den kleineren Zitrus daneben. Vielleicht auch nur einen der Gartenzwerge unter dem Küchenfenster. Wir würden den Fall lösen. Schließlich hatten wir einen neuen Verdächtigen. Der Mann, der sich von seiner Großmutter unters Dach wegschleicht, wenn sie eingeschlafen ist.

»Überlass mir das Reden, ja?«, sagte Hanni, bevor sie klingelte. »Diese Zwerge sind schrecklich!«

»Halt dich zurück. Wir müssen vorsichtig vorgehen«, sagte ich.

Sie schüttelte energisch den Kopf. »Einfühlsam sein, das kann ich.«

Die Tür öffnete sich. Marcel Heger trug immer noch das gelb-schwarze Halstuch. Ansonsten einen schlichten grauen Pullover und gebügelte Hosen. Falls er überrascht war, ließ er es sich nicht anmerken.

»Wir wissen, dass Sie eine Beziehung mit Stefan Udry haben und der anonyme Anrufer in einem Mordfall sind.«

Jetzt sah Heger Hanni mit entsetztem Ausdruck an.

Von wegen taktvoll.

»Und wir haben Fragen an Sie«, sagte Hanni etwas weniger überzeugt. Sie wandte sich mir zu. »War das ein wenig zu heftig?«

Ich verdrehte die Augen. »Bitte entschuldigen Sie die Störung, Herr Heger. Meine Kollegin hier ist ein wenig übermotiviert. Kollege Chollet ist uns eben über den Weg gelaufen und der ist halt ein wenig der Schwarm aller ... also Sie verstehen sicher ... wie auch immer. Dürfen wir Ihnen einige Fragen stellen?«

Mein Statement überforderte den armen Mann gänzlich. Nach einer kurzen Überlegungspause nickte er stumm und trat zur Seite.

Ein schmaler Flur und einige Treppenstufen brachten uns auf die straßenabgewandte Seite des Hauses. Den minimalistischen Lebensstil würde ich als karg bezeichnen. Wenig Möbel, dafür alle überdimensional. So auch die weiße Sofalandschaft, auf die er mit einer Geste der Einladung wies. Ich setzte mich auf die Kante. Würde ich mich zurücklehnen, würden meine Beine den Boden nicht mehr berühren.

Aber alles im Leben ist eben eine Frage der Entscheidung.

Heger setzte sich in einen sehr komfortabel wirkenden Sessel mit hoher Rückenlehne und eingebautem Kopfteil. Er bot uns keine Erfrischung an. Ich sah mich um.

Keine Pflanzen, keine Bilder. Alles Ton in Ton. Braun, Gold, weiß.

»Was kann ich für Sie tun?« Er hatte seine Contenance wieder, sein Gesicht war ausdruckslos.

Diesmal übernahm ich das Gespräch. »Wir wissen, dass Sie der anonyme Anrufer waren, der Loreleis Entführung gemeldet hat.«

»Aha«, sagte er nur.

»Aber das ist nicht der Punkt.«

»Aha.«

Der ging mir schon gehörig auf die Nerven. »Wir wissen auch um Ihr Verhältnis zu Stefan Udry ...«

Sein Gesicht hellte sich in einem Anflug von Heiterkeit auf. Ich war auf der falschen Spur.

»Nun ja, wir wissen, dass Sie oben waren, als Sie den Anruf tätigten«, versuchte Hanni zu retten, was zu retten war.

Er nickte geflissentlich, sagte aber nichts dazu.

»Was haben Sie dazu zu sagen?«

»Nun, es war ja keine Frage, oder?«

Ich atmete tief durch. Die ursprüngliche Euphorie war vorbei. »Was taten Sie bei Stefan Udry?«

Er sah mich eingehend an und lachte dann auf. »Nicht, was Sie jetzt hören wollen. Ich nehme Französischstunden bei Stefan. Es ist ein bisschen peinlich, das zugeben zu müssen, aber ich habe die Sprache größtenteils verlernt.«

Ich warf Hanni einen Blick zu. Sie war genauso überrascht wie ich.

»Was geschah an diesem Abend?«

»Das habe ich Ihrem Kollegen schon einmal gesagt.«

»Anscheinend haben Sie ihm nicht alles gesagt.« Es war ein Schuss ins Blaue. Heger biss sich auf die Lippe und schaute zu Boden.

»Ich denke, ich bin Ihnen eine Erklärung schuldig. Ja, ich war bei meiner Mutter zu Gast, weil ich nachher meine Lektion bei Stefan hatte.«

»Ist Ihnen etwas Ungewöhnliches aufgefallen?«

Er schüttelte den Kopf. »Nein. Aber wir hatten ein wunderbares Stück Nidlechueche aus Murten.«

»Und dann?«

»Dann legte sie sich schlafen und ich ging hoch.«

»Was hat Sie dazu veranlasst, ans Fenster zu treten?«

»Es gab ein großes Gepolter im Treppenhaus.«

»Was haben Sie gesehen?«

»Ein Mann im Regenmantel trug eine Frau auf seinen Armen aus dem Haus, öffnete umständlich die Tür zu einem Auto und legte sie hinein.«

»Wie kamen Sie darauf, dass es sich um eine Entführung handelte?«

Er sah mich einen Augenblick belustigt an. »Aus zwei Gründen. Der Mann beförderte die Frau auf den Rücksitz. Er gab sich nicht einmal die Mühe, sie anzuschnallen.«

»Und?«

»Und die Frau war Lorelei Diesbach, die Frau, die sich um Großmutter kümmert.«

»Sie haben Sie also erkannt?«

Er nickte. »Natürlich.«

»Auf diese Distanz?«

Abermals bestätigte er mit dem Kopf.

»Haben Sie den Mann erkannt?«

»Nein, leider nicht.«

»Was für ein Auto war das?«

»Ich weiß es nicht. Wie ich Ihrem Kollegen …?«

»Chollet«, sagte Hanni schnell.

»… wie ich Ihrem Kollegen Chollet schon sagte, waren die Lichtverhältnisse nicht ideal. Zudem war ich so geschockt, als ich Lorelei erkannte, dass ich nichts mehr anderes wahrgenommen habe.«

Ein Synonym für 'Aha'

»Französischunterricht. So, so.« Hanni war frustriert. Und mir ging es ebenso.

»Immerhin haben wir den anonymen Anrufer gefunden. Nochmals. Der Heger isst Kuchen bei Elsbeth, geht dann hoch zu Udry. Unterdessen kommt der Entführer, ruft per Alarm die Lorelei, die auftaucht. Er schlägt sie nieder und entführt sie in seinem Auto.«

»Und dann taucht er als Toter auf dem Sofa deines Spukhauses wieder auf.«

»Falls der Mann auf meinem Sofa der Entführer war. Da fehlt uns noch ein ganz großes Stück der Geschichte.«

»Kann Heger der Entführer sein?«, fragte Hanni.

Ich hob die Schultern. »In einem Roman würde ich ihm eher die Rolle des Mörders geben.«

»Heger tötet den Entführer Dupré?«

Ich nickte. »Die Frage ist, wo ist Lorelei? Und warum ist sie nicht wieder aufgetaucht, wenn Heger sie aus Duprés Fängen befreit hat. Nein, irgendetwas sehen wir nicht richtig.«

»Vielleicht kann der uns ja helfen.« Hanni deutete nach vorn. An meinem Wagen lehnte Kollege Chollet. Und er schien nicht sonderlich glücklich mit uns.

»Auweia. Das riecht nach Ärger.« Ich rümpfte die Nase. Langsam näherten wir uns.

»Was für ein Zufall, nicht wahr?«, sagte ich bewusst fröhlich.

»Und was für ein schönes Wohnquartier«, kommentierte Hanni.

Chollet sah uns ernst an. »Bevor Sie sich fragen, weshalb ich hier bin, will ich es Ihnen sagen. Wir haben einen Anruf wegen Belästigung erhalten.«

»Nicht etwa anonym, oder?« Hanni sah ihn unschuldig an.

»Wie haben Sie herausgefunden, dass er der anonyme Anrufer war?«

»Reine Intuition, Kollege.«

Chollets Augenbraue ging in die Höhe.

»Was machten Sie bei Elsbeth vorher?«

»Schauen, wie es ihr geht. Wussten Sie, dass sie ihr Alarm-Dingsbums nicht mehr findet?«

Chollet sah Hanni an. Ich wusste nicht, ob er gleich explodieren würde. Er tat es nicht. »Ist das so?«

Hanni nickte eifrig. »Und Heger nimmt Französischlektionen bei Udry.«

»Aha.«

»Das sagte er auch. Mehrmals sogar.«

»Und wir fragen uns, wo Lorelei jetzt ist. Wenn der Tote in meinem B&B der Entführer war, warum ist sie dann nicht wieder aufgetaucht?«, sagte ich.

»Vielleicht ist Dupré nicht der Entführer?«, sprach Chollet aus, worüber ich bereits nachdachte.

»Und dann sind da noch andere Details.«

»Welche zum Beispiel?«

»Nun, die Axt zum Beispiel. Sie muss irgendwann zwischen unserem Gespräch und der Entdeckung des Toten entwendet worden sein. Aber warum?«

»Die Axt haben wir.«

»Ach, schau mal einer an.« Hanni gab sich beeindruckt. »Und wo war sie?«

»Sagt Ihnen der Name Klaus Zahrli etwas?«

Hanni pfiff durch die Zähne. »Schau einer an. Der Garagenmann.«

Chollet nickte. »Die Axt sei seine, sagte er uns. Er hatte sie in seiner Garage.«

»Ist es dieselbe?«

»Wir haben Ihre Fingerabdrücke darauf gefunden.«

»Meine ...?« Hanni wurde blass.

»Sie erinnern sich doch noch, mich damit bedroht zu haben?«

»Und dann habe ich sie fallen lassen.«

Chollet grinste.

»Aber woher haben Sie meine ...?« Sie sah ihn fassungslos an. Sein Gesichtsausdruck sagte ›Ehrlich jetzt?‹. Dann fiel bei Hanni der Groschen.

»Oh!«, sagte sie.

»Genau das sagte ich auch.« Chollet verschränkte die Arme vor der Brust.

Das ging mir ein bisschen zu schnell. »Was bedeutet das? Woher haben Sie Hannis ...«

»Ach, Schätzele, das tut nichts zur Sache. Wir haben einen Mörder, der da draußen umherläuft.« Sie legte beschwichtigend eine Hand auf meine Schulter, während sie sich wieder an Chollet wandte. »Könnte der Garagen-Mann der Mörder sein?«

»Alles ist möglich. Er war jedenfalls derjenige, der den Toten fand.«

»Ach so?!« Hanni nickte eifrig.

»Wieso ›Ach so‹?« Chollet sah sie interessiert an.

»Nur so.«

»Sie hatten jedenfalls recht bei der Todesursache. Dupré könnte durchaus mit einer Stricknadel erstochen worden sein.«

»Nicht gerade eine sehr männliche Art zu töten«, sagte Hanni nachdenklich.

»Das könnte erklären, weshalb Lorelei nicht wieder aufgetaucht ist«, sagte ich.

»Jemand will gestern Abend eine Frau an der Busstation gesehen haben, die Lorelei ähnlich sieht. Wir überprüfen das noch.«

»Wo ist denn die Busstation?«, fragte ich.

»Gleich neben dem B&B, an der Hauptstraße.«

»Ups.«

»Tja, das wäre wohl dann ein Synonym für ›Aha‹.« Chollet fuhr sich müde mit der Hand übers Gesicht. »Bitte halten Sie sich aus den Ermittlungen raus. Ich möchte mich nicht noch einmal wiederholen müssen.«

Wovor man sich fürchtet

»Und jetzt?«, fragte Hanni, als wir im Auto saßen.

»Jetzt gehen wir auf Schatzsuche.«

»Schatzsuche?«

»Ins Spukhaus.«

»Das B&B?«

»Du hast doch sicher schon darüber nachgedacht, dass es eine Verbindung zwischen dem B&B und Lorelei geben muss, oder?«

»Na klar hab ich das«

»Eben. Wir wissen, was den Garagenmann mit dem B&B verbindet. Aber Dupré und Lorelei? Und dann sollten wir uns unbedingt mit der Entführung auseinandersetzen. Einen Grund dafür muss es ja geben. Vor allem auf die Antwort der Frage ›wieso jetzt?‹ bin ich gespannt.«

»Und das willst du jetzt machen?« Hanni blickte auf die Uhr auf dem Armaturenbrett. »Ich bin müde und bald ist Whiskey-o'clock und Zeit für meine Jessica Fletcher und meine Fernsehserie.«

»Die kannst du auch später noch schauen.« Der Motor schnurrte wie eine sehnsüchtige Katze, als ich den Schlüssel drehte.

»Nun sei doch nicht so modern. Ich bin eben oldschool. Ich halte an meinen Ritualen fest.«

»Rituale?« Ich sah sie mit erhobenen Augenbrauen an. Sie verschränkte die Arme vor der Brust.

»Ich bin müde, Bärbel, und ich brauche eine Auszeit.«

»Weißt du was? Du hast recht. Bald wird es sowieso dunkel. Das kann bis morgen warten.«

»Na, sag ich doch.«

Ich verließ die Schützenstraße, als ich in die Hauptstraße einbog. Zuerst fuhren wir der Saane entlang, dann der Sense, durchquerten das alte Laupen bis zur Sensebrücke. Im Rückspiegel tauchte das Schloss Laupen auf. Der Anblick begleitete uns, bis wir schließlich den Ort ganz verlassen hatten.

Minuten später winkte mir Hanni noch einmal zu und dann war ich auch schon zu Hause. Ein beklemmendes Gefühl überkam mich schon, als ich die Schlüssel in der Hand hielt. Die Wohnung wirkte kalt. Mir wurde zum ersten Mal wirklich bewusst, dass ich mit dem steten Unterwegssein flüchtete. Es gab so viele Dinge, die ich in der gemeinsamen Wohnung tun müsste. Administration war noch nie meine Stärke gewesen. Ich legte die tägliche Post auf den Berg der anderen Tage. Das schlechte Gewissen nagte an mir, während ich mir einen Kaffee zubereitete. Es gab da noch die Kleider von Ernst, die zwar mittlerweile in Kartons ruhten, aber mir jedes Mal einen Stich ins Herz gaben, wenn ich in den nunmehr überfüllten Keller musste. Einige Schränke wagte ich nicht mehr zu öffnen, wusste ich doch um die hastig dort verstauten Fotos. Jeden Tag versprach ich mir, etwas anzupacken. Und dann erdrückte mich die Last von all den Dingen, an denen ein Teil meiner Geschichte hing. Ich befürchtete, dass nichts mehr von mir übrig bleiben würde, wenn ich all die Sachen weggab.

»Es ist einfach noch nicht Zeit dafür«, versuchte ich mich zu beruhigen. Und wie immer, wenn es mir bang ums Herz wurde, setzte ich mich auf mein Bett. Ernst lachte auf dem Foto. Er lachte immer. Auch schon zu seinen Lebzeiten war seine Frohnatur der Balm gewesen, der meine dunklen Gedanken besänftigte. Ich nahm die heiße Tasse in beide Hände und näherte mein Gesicht dem luxuriösen Duft von Kaffee. Für einen Augenblick verlor ich den Faden meiner Gedanken. Dankbar nahm ich einen Schluck. Ich fühlte mein Bett unter mir, fühlte, wie die Matratze mich hielt und das Leben langsam wieder annehmbare Farben erhielt. Ich bin nicht die Traurigkeit. Sie ist da und das darf sie auch. Wer war ich, um es ihr zu verbieten? Wer war ich, um ihre Existenz zu leugnen? Leugnete ich nicht dabei auch einen Teil von mir selbst? Vielleicht eben jenen Teil, den ich zu verlieren fürchtete.

Und plötzlich erschien Lorelei in meinen Gedanken. Wovor fürchtete sie sich? Welcher Fluchtversuch versteckte sich in ihren aufopfernden Aktivitäten? Wie ich manchmal auch, versuchte sie Dingen aus dem Weg zu gehen, sobald sie ihr zu nahe kamen. Der große Unterschied zwischen ihr und mir lag in der Tatsache, dass sie eine Beziehung beendete, wenn diese allzu ernst wurde. Ich verstand plötzlich, dass es mehr mit ihr selbst zu tun hatte als mit dem anderen. Sie konnte einen Teil von ihr nicht akzeptieren und flüchtete. Tätigte sie ihre Arbeit wirklich aus Berufung oder konnte es auch eine Form der Selbstbestrafung sein?

Aber was hatte das B&B damit zu tun? Ich musste mehr in Erfahrung bringen. Mein geerbtes Haus barg das Geheimnis zur Entführung und zum Tod von Dupré. Davon war ich mittlerweile sehr überzeugt. Alles andere ergab keinen Sinn. Warum jemanden entführen, wenn der Entführer Lorelei im B&B haben wollte? Wieso dieses Risiko eingehen? Es gab für mich nur eine mögliche Antwort auf diese Frage: Weil Lorelei der Einladung nicht freiwillig gefolgt war. Und ich musste herausfinden, warum.

Und sie kamen auf mich zu

Ich hatte mich mit einer Taschenlampe und dem unsinnig schweren Schlüsselbund bewaffnet. Mein Auto stand etwas abseits in einer Straße durch die – so hoffte ich – nie jemand ging. Zumindest nicht am heutigen Abend. Der Regen beschwor den Nebel herauf. In Kürze würde das Haus von der Straße nicht mehr sichtbar sein und die Kälte die letzten Mutigen von den Straßen vertreiben. Das war mir nur allzu recht, wollte ich doch keine unnötige Aufmerksamkeit erregen. Und darin war ich ja bekanntlich sehr gut.

Auf der anderen Seite konnte ich argumentieren, dass das jetzt mein Haus war.

Das Polizeiabsperrband leuchtete bizarr in der aufkommenden Dunkelheit. Ich korrigierte mich. Es war mein Haus, aber es war auch ein Tatort.

Der Haupteingang konnte nicht der einzige Zugang sein. Ich schickte mich an, das Haus zu umrunden, und wurde auf der Rückseite fündig. Zu meiner großen Erleichterung würde ich den

Schlüsselbund nicht brauchen. Die Tür stand einen Spalt offen. Ich brachte mich vom Regen in Sicherheit und warf noch einmal einen Blick nach draußen. Der Nebel kam schneller als gedacht.

Sehr gut.

Der Eingang führte zu einem einsamen Flur. Eine gewundene Treppe verlor sich in dunklen Höhen zu meiner Linken. Eine geschlossene Tür zu meiner Rechten. Ich knipste die Taschenlampe an. Im Lichtkegel meiner Unsicherheiten erkannte ich Bilder, die den Flur zierten. Ich würde sie noch begutachten.

Was nun?

Ich öffnete die Tür zu meiner Rechten. Treppenstufen, die hinunterführten.

Was suchte ich denn genau? Wie entdeckt man ein Geheimnis?

Alles um mich war ruhig. Es roch nach Feuchtigkeit. Mein Atem manifestierte sich in kleinen Wölkchen, die ich vor mich herschob.

Wer hatte die Tür offen gelassen?

Ich schloss kurz die Augen, sammelte mich. »Ernst, ich brauche jetzt deine Hilfe«, sagte ich leise. Ein Rascheln. Die Tür hinter mir schloss sich in einem unsichtbaren Luftstrom. Ich zuckte zusammen, verlor die Taschenlampe vor Schreck. Sie rollte zur Kellertreppe.

Ich hob sie hoch, knipste sie an. Das Licht beruhigte mich. Die Stufen hatten eine für mich unübliche Höhe. Umso vorsichtiger stieg ich hinab. Ein zentrales Kellergewölbe. Die gegenüberliegende Wand bestand aus einem leeren Gestell, wo früher sehr wahrscheinlich der Wein gelagert worden war. Es blieb eine einzige Flasche. Ein letzter Wein, den niemand mehr haben wollte.

Ich ließ den Lichtkegel durch den Raum gleiten. Alle anderen Wände waren frei. Deren Regale waren zusammengebrochen oder zerstört worden und lagen mir in Stücken zu Füssen. Die Steinmauern zierten Spuren von Feuchtigkeit. Der Boden bestand aus den gleichen Steinen wie die Wände. Eine andere Tür gab es nicht.

Ich war enttäuscht. Und frustriert. Über meinem Kopf hörte ich ein Geräusch. Das Licht meiner Taschenlampe traf die Decke. Es hörte sich an, als ginge jemand über mir. Langsam stieg ich die Treppe wieder hoch, äugte in den Flur. Da war niemand zu sehen.

Die Serie von Bildern im Flur stellte Blumen dar. Ich folgte der Reihe, sah mir jedes kurz an. Eine weitere Tür. Ein weiterer Raum. Ohne Fenster. Er gab durch eine türlose Tür Zugang zur Küche, durch eine andere zum Empfangsraum. Eine dritte Tür führte in einen kleinen Speisesaal. Eineinhalb Tische standen noch. Auch hier hatte sich jemand ausgetobt. Alle Stühle waren zerbrochen. Die Wände zierten Löcher. Ich nahm mir die Zeit, mir ein Bild zu machen, versuchte, mir vorzustellen, wie das ausgesehen haben könnte. Wieder ein Luftzug. Diesmal spürte ich ihn in meinen Haaren.

Ich fuhr herum, suchte die Dunkelheit mit meiner Taschenlampe ab und merkte, wie lächerlich wenig ich mit der eigentlich sah.

Mein Herz schlug schneller. Die Anspannung spürte ich in meinem ganzen Körper. Da war jemand. Ich dachte an Zahrli, den Mann über der Garage. Vielleicht war da ja aber nicht jemand, sondern etwas. Vielleicht spukte der Geist von Renates Mann hier. Oder vielleicht war das Renate selbst, die man ... na, nennen wir es mal ... ›versorgt‹ hatte und die in ihr B&B zurückkam.

Plötzlich war ich nicht mehr unsicher. Ich war angstvoll. Und niemand wusste, wo ich war.

Chollet hatte mich gewarnt. Da war immer noch ein Killer auf freiem Fuß. Wieso musste ich immer ... ein Geräusch ließ mich herumfahren. Der Raum stand leer vor mir.

Ich atmete mehrmals tief durch. Ein dringliches Gefühl wollte mich draußen sehen, in meinem Wagen, mit verriegelten Türen. Ich hielt stand, wartete trotz der aufkommenden Panik. Meine

Nackenhaare stellten sich auf, nachdem kurz ein weiteres Poltern zu hören gewesen war. Es kam aus dem Flur, den ich hinter mir gelassen hatte.

Zum ersten Mal fragte ich mich, wer denn die Tür geöffnet hatte.

Angespannt horchte ich. Es klang nach Schritten. Aber nicht menschliche. Es war mir, als wären da mehrere.

Und sie kamen auf mich zu.

Ernst hilf!

Der Schein meiner Taschenlampe war auf den Durchgang gerichtet, aus welchem die Geräusche kamen. Ich wusste im Moment nicht, was mich mehr erstarren ließ: das Geräusch im Flur, mein Herz, das bald explodieren würde, oder die Tatsache, dass es mir unmöglich war, mich zu bewegen. Gebannt starrte ich auf die Tür.

»Ernst, hilf mir!« Die Worte waren in meinem Kopf. Und dann wurde die Tür aufgestoßen und etwas kam in meine Richtung geschossen. Ich hob den Arm, blendete mich dabei selbst, drehte mich ab und verlor das Gleichgewicht, als etwas mich ansprang. Die Taschenlampe glitt mir aus der Hand. Mit großem Lärm ging ich zu Boden. Das Licht erlosch.

Ich kniff die Augen zusammen, harrte ergeben meinem Schicksal.

Und da kam nichts.

Und dann noch einmal nichts.

Und dann spürte ich eine kalte, nasse Zunge auf meinem Gesicht.

Ich fuhr hoch und blickte in die schönsten Augen, die ich je gesehen hatte. So viel Sanftmut und Interesse lag in ihnen.

Der Hund setzte sich neben mich, legte den Kopf schief.

Ich blickte zum Himmel hoch. »Danke, Ernst.«

Wofür? Das wusste ich selbst nicht zu sagen. Große Erleichterung machte sich in mir breit. Tränen schossen mir in die Augen. Und dann musste ich lachen. Der Moment überforderte mich.

War dieser Mops das Gespenst des B&B?

Da hatte ich mir mehr erhofft. Was tat der Hund hier? Ich streckte die Hand aus. Er ließ sich streicheln, rückte ein wenig näher. Plötzlich war da keine Angst mehr in mir. Nur noch das flauschige, warme Fell meines neuen Freundes.

»Na du? Was machst du denn hier?«, fragte ich.

Er legte den Kopf schief und blickte mich an. Ich seufzte und erhob mich schwerfällig. Je älter ich wurde, desto weniger war die Schwerkraft mit mir befreundet. Mein linkes Bein schmerzte ein wenig, als ich es belastete.

»Wo ist denn die Taschenlampe?« Verloren blickte ich mich um. Der Mops tat es mir nach.

»Ach, auch egal.«

Ich hatte genug für heute. Humpelnd bewegte ich mich auf den Flur zu. Der Hund folgte mir bis zur Außentür.

»Du kannst nicht mitkommen, Kleiner. Geh nach Hause.«

Aber das Tier wich nicht von meiner Seite. Auch nicht, als ich den Garten durchquerte. Und schon gar nicht, als ich zu meinem Auto ging.

»Du kannst nicht mitkommen. Was soll ich denn mit dir?«

Der Mops sah mich mit schrägem Kopf an. Er verstand nicht, was ich ihm sagen wollte. So wie Ernst mich nicht verstanden hatte. Und auch bei meinem neuen vierbeinigen Freund hegte ich den Verdacht, dass er nur das nicht verstand, was er nicht hören wollte.

»Du musst zurück in dein Zuhause, mein Freund.« Ich öffnete die Wagentür. Plötzlich kam Leben in den Vierbeiner. Mit einem Satz war er im Wagen. Mit dem zweiten auf dem Fahrersitz. Mit dem dritten auf dem Beifahrersitz. Er hinterließ eine braune Spur auf den Polstern. Ich machte ihm große Augen.

Zum ersten Mal bellte er mich kurz an.

»Das machst du mir nicht nochmal!«, schimpfte ich, während ich mich hinter das Steuerrad quälte. Der Schmerz in meinem linken Bein zog meine ganze Aufmerksamkeit auf sich. Ich atmete tief ein und aus. Langsam beruhigte ich mich. Und während der ganzen Zeit sah mich mein Beifahrer aus seinen kleinen Augen an.

»Du hast aber Geduld mit mir. Und was mach ich jetzt mit dir?«

Der Hund sah mich an und bellte kurz. Es war Freude, die ich hörte.

»Du hast recht. Ein Bad und einen Whisky kann ich jetzt gebrauchen.« Ich zwinkerte ihm zu. Der Hund trippelte kurz, wandte seinen Blick nach vorn und legte sich nieder. Erst jetzt bemerkte ich, dass er kein Halsband trug.

»Wenn das keine Ansage ist«, murmelte ich und startete den Motor. »Wie soll ich dich denn nennen?«

Er sah mich aufmerksam an.

»Nicht dein Ernst, oder?«

Wuff!

»Das werden wir noch sehen.« Der kleine Kerl hatte mein Herz bereits erobert.

Ich schickte ein kleines Dankesgebet nach oben.

Und ich wusste auch schon, wie der Hund heißen würde.

Denn Ernst hilft.

Immer.

Ein ungewöhnlicher Zeuge

Es klopfte in meinem Traum. Dann klopfte es noch einmal. Aber ich fand die Tür nicht. Mit Panik im Herzen schreckte ich hoch.

Ernst lag zusammengerollt vor meinem Bett. Mein verstorbener Mann blickte mich lachend an.

Es klopfte ein drittes Mal an die Eingangstür. Konnten die nicht die Klingel benutzen wie alle anderen?

»Du kannst gut reden«, sagte ich zum Fotorahmen gewandt, schlug die Bettdecke zurück und setzte mich auf. Ernst gähnte und streckte seine Vorderpfoten. Der Hund hatte nicht bougiert. Jetzt aber trottete er mir hinterher. Die Uhr im Eingang zeigte halb neun. War das eine Zeit, um die Menschen aus den Betten zu klopfen? Ich machte den Gürtel meines Morgenmantels über meinem Nachthemd fest. Ein kurzer Blick in den Spiegel. Es klopfte erneut.

»Komme ja schon!«

Schnell fuhr ich mir mit den Fingern durch mein Haar, was nichts wirklich verbesserte. Ich sah schrecklich aus.

Dann öffnete ich die Eingangstür.

»Ist das Ihre?« Chollet hielt meine Taschenlampe in die Höhe.

»Ach, da ist sie ja. Danke fürs Vorbeibringen.« Ich nahm sie dem verdutzten Beamten ab und wollte die Tür wieder schließen. Doch so schnell würde ich Chollet und seinen Kollegen nicht loswerden.

»Wer ist der da?«

Ich blickte nach unten. »Das ist Ernst.«

»Aha. Und seit wann haben Sie einen Hund?«

»Na ja ...«

»Kurios. Es wird ein Mops vermisst.«

»Ach ja. Wer vermisst ihn denn?«

»Nun, um genauer zu sein, vermisst ihn niemand mehr. Sein Herrchen ist verstorben. Aber der Hund ist weg.«

»Das klingt sehr spannend, aber ich habe gleich meine ...«

»Es ist der Hund von Christian Dupré, der vermisst wird.«

»Wer ist ....?«

»Der Tote in Ihrem B&B.«

»Ach ja. Der hatte einen Hund?«

»Der hatte einen Mops.«

»Und jetzt ist der Mops hops?«

»Genau.«

»Was meinst du, Ernst?« Ich sah meinen vierbeinigen Freund an.

»Hören Sie, Frau Zumstein, wie kommt Ihre Taschenlampe in Ihr B&B, nachdem das Haus als Tatort abgesperrt worden ist?«

»Sagen Sie es mir. Sie sind der Polizist.«

»Dürfen wir kurz reinkommen?«

Ich setzte den Fuß hinter die halb geöffnete Tür, was Chollet nicht entging. »Nein, können Sie nicht.«

»Was haben Sie gestern vor Ort gemacht?«

»Ich wollte sehen, was ich alles machen muss, um den Ort wieder in Schuss zu bekommen. Und ich muss gestehen, ich dachte nicht, dass es so viel Arbeit ...«

»Frau Zumstein, bitte.« Chollet neigte den Kopf zur Seite. Ich sah Ernst an, dessen erwartungsvolle Augen auf mich gerichtet waren.

»Du hast ja recht«, sagte ich ihm. Der Hund tippelte vor Ort.

Ich wandte mich Chollet zu. »Also gut. Es gibt eine Verbindung zwischen Lorelei und dem B&B.«

»Und die wäre?«

»Das versuchte ich eben herauszufinden, junger Mann.«

»Aha.«

»Ja, aha. Statt des großen Geheimnisses habe ich Ernst hier entdeckt und dabei ist mir die Taschenlampe abhandengekommen.«

»Frau Zumstein, bitte halten Sie sich aus den Ermittlungen raus. Ich warne Sie ...«

»Ich hab verstanden.«

Ich konnte an Chollets Blick erkennen, dass er mir kein Wort glaubte. »Und bitte, kontaktieren Sie mich, sollte Ihnen noch etwas einfallen.« Er hielt mir eine Visitenkarte entgegen, die ich lächelnd annahm.

»Gern, Officer.«

Er verdrehte die Augen, sagte aber nichts dazu. »Wünsche einen guten Tag.«

»Das wünsch ich Ihnen auch.«

Ich sah ihm nach, wie er die Treppe hinunterging, dann machte ich die Tür zu.

Er hatte mir nicht widersprochen, als ich die Verbindung zwischen Lorelei und dem B&B ansprach. Was hatte die Polizei herausgefunden, das ich nicht wusste?

»Das ich noch nicht weiß«, korrigierte ich mich lächelnd. »Ernst, wir haben etwas vor heute.«

Der Hund schien zu lächeln. Meine Freude übertrug sich auf ihn. Er begann hin und her zu gehen. »Du gehörtest also Dupré?« Beim Namen legte das Tier den Kopf schief. »Und du kamst ihn im B&B suchen?« Wieder ruckelte der Kopf. War das ein Ja?

»Wie wusstest du, dass er dort sein könnte? Kennst du etwa den Ort?« Ernst sah mich aufmerksam an.

»Ich glaube, wir beide machen heute einen kleinen Ausflug.«

Ernst hob den Kopf und bellte kurz.

In vino veritas

Schnell aufbrechen konnte ich dann aber doch nicht. Während ich duschte, erleichterte sich Ernst auf meinem Badezimmerteppich. Als ich das Malheur beseitigt hatte, jaulte er in der Küche. Ich musste ihm unbedingt etwas zu essen besorgen. Der Arme verhungerte in meiner Gesellschaft. So schloss ich ihn in der Küche ein und hastete in den nächstbesten Supermarkt, entschied mich für eine neue Nachtcreme, Kerzen (die kann man immer gebrauchen), eine neue WC-Bürste (meine war schon lange hinfällig), ein Croissant (man sollte ja nie übertreiben), Kaffeerahm (ich trinke schwarzen Kaffee nur mit Rahm), ein Halsband mit Leine und natürlich auch Hundefutter. Die Frau an der Kasse warf mir einen belustigten Blick zu, als sie die Produkte über den Scanner zog.

»Gibt's das Halsband noch in anderen Größen?«, fragte ich unschuldig.

»Nein. Aber sie können es ja verkleinern, wenn's zu groß ist. Das funktioniert im Prinzip wie ein Gürtel.«

Ich nickte geflissentlich und streckte ihr eine Banknote entgegen. »Ich meine ja nur, weil's mir zu eng anliegt.«

Für einen kurzen Augenblick vergaß die gute Frau, dass ihr Mund offen stand. Ich grinste, steckte das Wechselgeld ein. Ihren Blick spürte ich noch in meinem Rücken, als ich das Geschäft verließ.

Nachdem Ernst ausgiebig gefressen und gerülpst hatte und auch von meinem Croissant nichts mehr übrig blieb, verließen wir gestärkt und guter Dinge das Haus.

Das Wetter hatte wenigstens die Entschuldigung eines Novembermonates. Man erwartet ja keine warmen Tage mehr in dieser Jahreszeit.

Und trotzdem.

Ernst nahm seinen Platz neben mir ein. Er drehte sich zweimal um sich selbst und sah mich dann erwartungsvoll an. Ich glaube, ihm war egal, wohin wir gingen. Hauptsache, wir machten etwas zusammen. Von Hunden können wir noch viel lernen.

Ich drehte die Heizung und die Lautstärke des Autoradios auf. Das Lied kannte ich auswendig und sang deshalb lautstark mit.

Manchmal bist du traurig und weißt nicht,
warum; tausend kleine Kleinigkeiten machen dich
ganz stumm
  Du hast fast vergessen, wie das ist ein Mensch zu
sein, doch du bist nicht allein
  Lass die Sonne in dein Herz, schick die Sehnsucht
himmelwärts, gib dem Traum ein bisschen Freiheit
  Lass die Sonne in dein Herz

Ernst jaulte fröhlich mit. Dabei kann ich nicht beurteilen, wer mehr richtige Töne von sich gab. Wir hätten in diesem Moment jeden Karaoke-Wettbewerb schweizweit gewonnen, da bin ich mir sicher. Ich parkte den Wagen direkt vor dem geschlossenen Tor des B&B. Sollten die doch sagen, was sie wollten.

Nachdem sich Ernst im Garten erleichtert hatte, betraten wir das Haus durch die Seitentür. Alles wirkte heller. Auch die herrschende Unordnung. Ich schüttelte entmutigt den Kopf. Wollte ich das Etablissement wieder auf Vordermann bringen, brauchte das eine gehörige Portion Geduld. Vom Finanziellen mal abgesehen. Und doch verband mich bereits etwas mit den stillen Mauern.

Ich hatte mir vorgenommen, die Suche dort fortzusetzen, wo ich am Vortag abgebrochen hatte. Aber Ernst war da anderer Ansicht. Als ich den Flur entlangging, blieb er bei der Tür zum Weinkeller sitzen.

»Komm. Wir müssen da lang.« Ich zeigte ihm den Raum, in dem wir uns zum ersten Mal begegnet waren. Aber der Hund bewegte sich nicht.

»Na, komm schon.« Mein Bitten stieß auf taube Ohren. Schließlich ging ich zu ihm zurück.

»Was willst du denn hier? Da unten ist nichts.«

Aber Ernst blieb sitzen. Ich seufzte, zuckte mit den Schultern. Was soll's? Kaum hatte ich die Tür einen Spalt weit geöffnet, war der Hund auch schon auf der Treppe. Ich knipste meine Taschenlampe an und folgte ihm.

Es war alles noch wie gestern. Die Regale am Boden, der Unrat überall, die Spuren auf den Wänden ... und dann stutzte ich. Ernst hockte vor dem einzigen Gestell, das noch stand. Das mit der einen Flasche. Was mich überraschte war, dass er dabei die Wand ansah. Als erwartete er etwas.

»Du warst also schon mal hier?«, sagte ich sanft. Er hechelte fröhlich vor sich hin.

Ich trat näher. Im Gegensatz zu den anderen Wandgestellen war dieses hier in die Wand geschraubt worden. Deshalb stand es noch. Aber warum sich die Mühe nur für diesen Teil des Kellers machen?

Ich trat noch näher, leuchtete in die Ecken und hielt ein zweites Mal inne. Ich konnte absolut nichts erkennen. Keine Spuren auf dem Boden, kein versteckter Mechanismus auf Knopfdruck. Es musste aber einen Grund haben, weshalb Ernst hier wartete. Falls es eine geheime Tür gab, konnte er es nur von einer einzigen Person wissen. Dupré, der tote Liebhaber auf meiner Couch. Hatte Lorelei Dupré rausgeschmissen, weil sie hinter sein Geheimnis gekommen war?

Ich kniete mich neben Ernst und leuchtete unter das Regal. Der Hund fand das Spiel toll und leckte mir übers Gesicht.

»Lass das!« Zum dritten Mal hielt ich inne.

Oben waren Geräusche zu hören. Der Hund drehte den Kopf zur Treppe und ich hielt den Atem an. Beim zweiten Geräusch knipste ich die Taschenlampe aus. Die Tür wurde aufgestoßen. Jemand kam die Treppe herunter. Im Gegenlicht sah ich eine weibliche Silhouette. Lorelei?

Wenn bloß der Hund ...

Ernst fing an zu knurren. Die Frau blieb stehen. Im selben Moment richtete ich die Taschenlampe auf sie. Ich weiß nicht, wie ich mir Lorelei vorgestellt hatte. Aber sicher nicht so. Wo ich runde Wangen vermutet hatte und einen sanften Blick der Hingabe, sah ich nun eckige Kanten und einen scharfen Blick.

»Lorelei?«, fragte ich. Sie hob den Arm, um sich vor dem Licht zu schützen.

»Sind Sie Lorelei?«, fragte ich erneut. Ernst schnellte vor und da kam Leben in die Frau. Sie machte kehrt und hastete die Treppe hinauf.

Bis ich aus bekniender Lage hochkam, war sie bereits bei der Tür oben angelangt und in einem Luftzug weg. Ich spurtete am Hund vorbei zur Treppe.

Und dann ging alles sehr schnell.

Etwas hinter mir krachte. Ernst bellte laut los. Ich drehte mich erschrocken um. Zu langsam. Zu unerwartet. Ich sah nur noch einen Schatten auf mich zukommen, dann traf mich etwas am Hinterkopf. Ich fiel nach vorn. Meine Sinne schwanden. Ich hörte, wie jemand die Treppe hochschnellte. Mein Kopf machte unliebsame Bekanntschaft mit dem Beton. Dann wurde mir schwarz vor den Augen. Das Letzte, was ich hörte, war Ernst, der den Angreifer mit seinem Bellen in die Flucht getrieben hatte.

Abketten und überziehen

»Du siehst schrecklich aus!« Hannis Stimme drang zu mir durch. Um mich war es hell. Als ich die Augen öffnete, drehte ich unter Schmerz den Kopf von der Taschenlampe weg, die mich blendete.

»Das wird schon«, hörte ich Chollet sagen. »Und das kommt davon, wenn man sich Polizeiarbeit zumutet.«

»Die Polizei arbeitet?« Hannis Unterton ließ keinen Deut daran, was sie von der Bemerkung hielt.

Mein Kopf brummte wie ein Bienenstock. Ich tastete vorsichtig nach meinem Gesicht und streifte dabei Ernsts Fell, der mich mit einer sanften Kopfbewegung begrüßte.

»Hallo, du«, sagte ich leise. Er leckte mir übers Gesicht.

»Lass das!«

»Der Hund hat uns zu Ihnen geführt. Er mag Sie wirklich«, sagte Chollet.

»Na ja, dein Wagen ist ja auch quer vor der Einfahrt geparkt. Da weiß ja jeder gleich, dass du zu

Hause bist.« Hannis Stimme klang, als würde sie ihre Augen verdrehen.

»Habt ihr ... Lorelei?«

»Wer?« Chollet ging neben mir in die Hocke.

»Lorelei. Sie war hier ...«

»Wir haben niemanden gesehen. Aber bleiben Sie sitzen. Jemand wird Sie kurz untersuchen.«

Ich nickte schwach. Chollet überließ seinen Platz einem jungen Mann, dessen gelbe Kleidung mich mehr an einen Automechaniker als an einen Notfallsanitäter erinnerte. Er stellte mir einige Fragen von wegen Wochentag, Name, Adresse, Geburtsdatum und drehte dann meinen Kopf leicht hin und her. Schließlich untersuchte er meinen Hinterkopf, wie meine Friseurin das manchmal auch zu tun pflegt. Dann nickte er und half mir auf die Beine.

»Geht schon, geht schon«, sagte ich und stützte mich auf meinen Beinen ab. Die Welt drehte sich gerade nur um mich. Welch erfreulicher Zufall.

Hanni trat neben mich und legte mir die Hand auf die Schulter.

»Was ist denn passiert?«

Während die Herren des Rettungsdienstes ihr Material wieder die Treppe hoch schleppten, erzählte ich Hanni, Chollet und seinem notizbuchbenutzenden Kollegen, was vorgefallen war. Um uns waren zwei Uniformierte mit Taschenlampe dabei, den Raum zu inspizieren.

»Sie sagen also, es gäbe hier einen geheimen Raum?« Chollet blickte sich um, als glaubte er nicht wirklich an die Theorie.

»Ich wurde vom Hund hierher gebracht. Lorelei taucht auf und ich werde von einer dritten Person niedergeschlagen und Sie sagen, das passiert alles rein zufällig hier im Keller?«

»Nun ja, so formuliert ...«

»Wie soll ich es denn anders formulieren?«

»Beruhigen Sie sich, Frau Zumstein, ich ...«

»Ich bin ruhig!« Ich hatte das zweite Wort betont laut ausgesprochen. Chollet wechselte einen Blick mit seinem Kollegen.

»Da kommt mir in den Sinn ...«, sagte Hanni. »Wer hat den toten Dupré eigentlich gefunden?«

»Dupré?« Chollet runzelte die Stirn. »Der Zahrli, Ihr Mann über der Garage. Aber was hat ...?«

Hanni ließ nicht locker. »Wer hatte Zugang zum B&B und kennt den Ort sehr gut, weil er hier stets allerhand repariert?«

»Zahrli«, sagte ich.

»Wer hadert mit dem Schicksal der Renate Köchli?«

»Zahrli«, sagte ich erneut.

»Wer könnte den fehlenden Schlüssel zum B&B entwendet haben?«

»Es fehlt ein Schlüssel?«, fragte Chollet. »Seit wann?«

Hanni ging nicht darauf ein. »Wer hätte einen Grund, die Ehre der Köchli reinzuwaschen?«

Ein betretenes Schweigen breitete sich aus. Hanni hatte recht. Was hatte aber Lorelei damit zu tun?

»Dominik, kommst du mal?« Die Stimme eines Uniformierten unterbrach meinen Gedankengang. Chollet wandte sich dem Kollegen zu, der sich rechts vom Weingestell befand. Ich konnte nicht sehen, was der Polizist Chollet zeigte, aber kurz darauf flackerten mehrere Neonröhren auf und tauchten den Ort in weißes Licht. Dann hörte man ein Grollen.

Ich zuckte zusammen, zog instinktiv den Kopf ein. Aber nichts geschah, außer dass sich ein Teil des Gestells nun bewegen ließ.

Alle sahen gespannt auf den Zugang zu einer kleinen Kammer. Vielleicht zwei mal ein Meter groß. Auf allen Seiten Gestelle voller Flaschen. Ein Neonlicht erhellte den Schatz.

Hanni pfiff durch die Zähne und Ernst watschelte fröhlich hinein.

Chollet ließ seine Taschenlampe über die Flaschen gleiten. Ich wusste instinktiv, was es mit diesem Ort auf sich hatte. Na ja, der Geruch beim Nähertreten verriet mir genug. Ich erkannte ihn wieder. Ich wechselte einen Blick mit Hanni. Sie machte mir große Augen.

Chollet schnappte sich eine Flasche und kam damit zurück. Sie trug kein Etikett. Er drehte sie hin und her, gab seine Taschenlampe seinem Kollegen und öffnete den Korken. Als er roch, verzog er das Gesicht.

»Das ist Selbstgebrannter«, sagte er. Er schien nicht schlüssig, was er jetzt mit dieser Entdeckung anfangen sollte. Schließlich gab er die offene Flasche und den Korken einem Uniformierten. »Sichern Sie den Raum und holen Sie die Spurensicherung.«

Der Uniformierte nickte: Chollet wandte sich an uns. »Und Sie gehen heim.«

»Und was ist mit Zahrli?«, fragte Hanni.

»Um den brauchen Sie sich nicht zu kümmern.«

»Er hat meiner Freundin eine übergezogen.«

»Nun mal langsam. Wir wissen nicht, wer Frau Zumstein niedergeschlagen hat.«

»Und Lorelei?«, fragte ich.

»Auch die kann nicht weit sein. Wir werden Sie finden.«

»Und wenn nicht?«

Aller guten Dinge

Hätte Moni gerade etwas getrunken, als wir in die Gaststube eintraten, hätte sie sich sehr wahrscheinlich verschluckt. Ihr Gesichtsausdruck war jedenfalls der gleiche, als ich so fröhlich wie möglich grüßte.

»Moni, wir brauchen eine Stärkung!«

»Ich habe Bergsuppe, die fast ...«

»Hast du noch was von dem Zeugs von vorgestern Abend?«, setzte Hanni an.

Ihre Unsicherheit wich schnell und machte einem wachen Interesse Platz. »Aber klar doch.« Sie zwinkerte uns zu. »Setzt euch.«

Das ließen wir uns nicht zweimal sagen.

Kurz darauf stellte sie eine Flasche auf den Tisch. Und zwei Gläser dazu. Und dann starrte sie mit großen Augen auf Ernst, der neben mir auf der Bank saß.

»Alles in Ordnung?«, fragte ich. Sie nickte.

»Nur zwei Gläser heute?«, fragte ich mit enttäuschter Stimme.

»Ich ...«

»Komm, setz dich«, lud sie Hanni ein und entkorkte den Selbstgebrannten. »Wir müssen dir was erzählen. Das wirst du selbst nicht glauben!« Hanni schenkte ein und schob ihr eines der Gläser zu.

»Bärbel wurde überfallen!« Hanni hob das Glas. Moni machte es ihr zögerlich nach.

»Ach ja ...?«

Da war sie wieder, die Unsicherheit.

»Ja, in ihrem B&B. Im Keller. Vor einer Stunde. Niedergeschlagen.«

Moni blickte von mir zu Hanni und zurück. Dann leerte auch sie ihr Glas in einem Zug.

»Wer hat sie denn überfallen?«, fragte sie, aber ohne mich anzusehen.

»Ach, wir denken es war der Zahrli. Die Polizei ist schon zu ihm unterwegs.« Hanni lehnte sich zurück. »Das wärmt, das Zeugs.«

»Zahrli?«, fragte Moni zaghaft.

»Ja, der Mann über der Garage. Er ist sehr wahrscheinlich auch der Mörder von ...«

Ich stieß Hanni unter dem Tisch vors Schienbein.

»Aua! Was ...?«

Ich machte ihr große Augen.

»Ach, Shit! Tut mir leid, Moni. Habe ganz vergessen, dass ...«

Moni blickte in ihr Glas. »Ist schon gut.«

Sie wirkte plötzlich entspannter. Lag das am Alkohol?

»Was ist denn passiert?«, wollte sie wissen.

Ich erzählte ihr mein Abenteuer im B&B. Mit jedem meiner Wörter entspannte sie sich mehr.

»Und der Zahrli hat Zutritt und alles und auch einen Schlüssel, weißt du«, plapperte Hanni weiter.

»Hat er das?«

»Ja und ein Motiv hatte er auch. Renate Köchli.«

»Die Köchli?«

»Unsere Theorie ist folgende«, sagte ich. »Zahrli und Lorelei brennen Schnaps und lagern ihn in Renates Haus. Da Renates Mann alkoholabhängig war, besaß er einen Riecher für Orte, wo Alkohol versteckt wird. Als er den Vorratskeller entdeckte, musste er weg. Die Vorbereitungen weckten in Dupré seine Eifersucht, bis Lorelei ihn deswegen fallen ließ. Um doch noch eine Möglichkeit zu haben, sich auszusprechen, entführt er sie, um sie an dem Ort zur Rede zu stellen, wo sie immer wieder verschwindet. Zahrli überrascht die beiden. Es kommt zur Auseinandersetzung. Er ersticht Dupré.«

Und dann schwieg ich. Und schwieg ich weiter. Selbst Ernst wagte es nicht, sich zu bewegen.

Stille hat etwas Magisches. In schönen Momenten lässt sie uns aufatmen und gemeinsam den Augenblick genießen, in all den anderen baut sie Druck auf. Ich musste nur warten.

»Es gibt aber ein kleines Problem mit dieser Theorie.«

Moni wurde bleich. Hanni nahm die Flasche und schenkte ihr nach.

»Genau. Wie kommt eine Flasche aus meinem Keller in dieses edle Etablissement?« Ich nickte in Richtung Glas.

Moni leerte es ohne zu zögern, verzog das Gesicht und stellte es hart auf den Tisch zurück. Ernst zuckte zusammen.

»Er hat sich den Köter nach unserer Trennung zugelegt«, sagte sie matt. Dann lachte sie auf, drehte das Glas auf dem Tisch mit ihren Fingern.

»Wo ist Lorelei, Moni?«

Sie sah mich mit leeren Augen an. »Ich weiß es nicht.«

Ich glaubte ihr.

»Aber du hast ihre Telefonnummer, nicht wahr?«

Sie nickte stumm.

»Dann wäre es an der Zeit, sie anzurufen.«

Wieder nickte Moni, stand auf und begab sich hinter den Tresen. Ich sah, wie sie ihr Handy nahm.

Und dann blickte sie kurz zu uns herüber. Einen kurzen Augenblick nur. Ein Augenblick, in dem ich instinktiv wusste, dass sie eine Entscheidung treffen würde.

In drei Schritten war sie an unserem Tisch vorbei und rannte zum Eingang. Ich hielt Ernst am Halsband fest, wollte er ihr doch nachsetzen. Als sie die Tür öffnete, stand Chollet davor. Sie ließ sich dadurch nicht einschüchtern, sondern machte die Tür einfach wieder zu und rannte in die andere Richtung, dort wo ich den Hintereingang vermutete. Weit kam sie auch da nicht. Chollets Kollege kam ihr entgegen, während die Haupttür wieder aufging und Chollet eintrat. Er drehte das Schild von ›Offen‹ auf ›Geschlossen‹ und sperrte die Tür ab, bevor er in den Schankraum trat.

Moni sah aus wie ein gehetztes Tier.

»Warum setzen wir uns denn nicht einfach?« Chollets Stimme klang warm und verständnisvoll. Monis Anspannung wich ganz plötzlich von ihr. Irgendwie spürte ich Erleichterung bei ihr.

Dann warf sie ihr Handy auf den Tisch, nahm sich einen Stuhl, drehte ihn um und setzte sich rittlings drauf.

Die Wahrheit und fast nur die Wahrheit

»Dupré wusste um den Schnaps, nicht wahr?«

Wir saßen alle am Tisch bis auf Chollets Kollege, der hinter uns alles in seinem Notizbuch mitschrieb.

Moni hatte ihren Kopf in die Hände gestützt.

»Christian und ich machen das schon eine ganze Weile. Wir lagern unseren Schnaps bei Renate im Keller.«

»Wusste sie davon?«

Moni sah Chollet überrascht an. »Natürlich. Sie duldete es. Schließlich konnte sie so ihren Mann zu Hause behalten.«

»Sie gaben ihm Alkohol?«

»Entweder im B&B oder er kam hierher. Und da hatte ich ihn im Auge. Das half Renate, um sich auf ihre tägliche Arbeit konzentrieren zu können.«

»Was ist passiert?«

»Lorelei hat sich an ihn herangemacht.«

»Trennten die nicht einige Lebensjahre?«

Moni lachte bitter.

»Es ging nicht um eine Beziehung. Es ging um Versprechen. Mehr war da nie gewesen. Und sollte er mal die Kühnheit gehabt haben, sie anzufassen, gab sie ihm ein, zwei Gläser zu trinken. Dann war eh Schluss.«

»Es ging auch um einen Schlüssel, oder täusche ich mich?«, fragte ich.

»Sie erhielt einen Schlüssel von ihm, ja.«

»Und dann kam sie hinter euer Geheimnis.«

»Sie nahm immer den Hintereingang, wenn sie in Begleitung ein Zimmer benutzen wollte. Da muss sie wohl einmal die Treppe benutzt haben.«

»Sie witterte finanzielle Möglichkeiten.«

»Sie machte sich an Christian heran, ja.«

»Und der wurde schwach.«

Moni nickte betroffen.

»Was passierte dann?«, übernahm Chollet wieder.

»Er holte sie ins Boot. Ohne mich zu fragen. Mich servierte er ab. Ich fiel aus allen Wolken.«

»Aber sie wollte mehr?«, riet ich.

Moni nickte. »Sie wollte nicht nur am Gewinn beteiligt sein, sondern auch Schweigegeld. Und dann wurde sie immer gieriger, ihre Wünsche immer unverschämter.«

»Und als sie merkte, dass sie an eine Grenze stieß ...«

»Servierte sie Christian ab, ja.«

»Und dann hattet ihr ein weiteres Problem.«

»Wenn wir ihren Forderungen nicht entsprachen, ja.«

»Wer hatte die Idee zur Entführung?«

Moni schwieg. Sie liebte Christian immer noch.

Chollet seufzte. »Wie haben Sie Lorelei in die Falle gelockt?«

»Wir konnten nicht einfach so weitermachen. Sie hätte uns ausgelacht.«

»Da habt ihr euch entschlossen, sie zur Einsicht zu zwingen.«

»Das konnte so nicht weitergehen.«

»Ihr habt also entschieden zu handeln.«

»Der Plan war einfach. Jede Woche um dieselbe Zeit würde Marcel Elsbeth besuchen, um dann bei Stefan oben zu verschwinden.«

»Woher wusstet ihr das?«

Moni lachte. »Sie hat es uns mehrfach erzählt. Sie fand das amüsant.«

»Was lief schief?«

Moni betrachtete ihre Hände. »Ich weiß es nicht«, sagte sie leise.

»Sie waren nicht dabei?« Chollet richtete sich auf.

Moni schüttelte den Kopf. »Nein, war ich nicht. Christian hat sie entführt, wie abgemacht. Als ich ankam ...«

»Sie waren vor Ort?«

Moni ging nicht auf die Frage ein. »Als ich ankam, war Christian tot und von Lorelei keine Spur mehr. Ich ...« Sie brach ab.

Ich tätschelte ihr den Arm. »Das muss ein Schock für dich gewesen sein.«

»Ich musste ihn gegen meinen Willen dort lassen und hoffen, dass jemand ihn findet.«

Ich sah Hanni an, dann Chollet. Der schien unentschlossen.

»Warum haben Sie nicht die Polizei verständigt?«, fragte er.

»Ich hatte Angst. Fürchterliche Angst. Zum ersten Mal in meinem Leben.«

Ich überlegte. Lorelei konnte durchaus einige Stricknadeln mitgehen lassen. Laut Heger war ein dumpfer Knall im Treppenhaus zu hören gewesen. Vielleicht war Lorelei noch bei Bewusstsein, als sie die Wohnung mit Dupré verließ. Vielleicht hatte sie versucht zu fliehen? Heger sah Dupré mit Lorelei auf dem Arm aus dem Haus gehen. Aber die Nadeln konnte sie durchaus dabeigehabt haben.

»Moni, sag mir ganz ehrlich: Kannst du dich an den Moment erinnern, als du Christian fandest?«

»Ich werde das nie mehr vergessen können.«

»Hast du irgendwo Stricknadeln gesehen?«

»Stricknadeln?« Sie sah mich überrascht an. »Nein, um Himmels willen. Stricknadeln?«

Ich runzelte die Stirn. »Erinnerst du dich, eine Axt gesehen zu haben?«

Ihre Verwirrung wuchs. »Eine Axt?«

»Sie lag gleich bei den Sofas am Boden«, ergänzte Hanni.

Moni schüttelte den Kopf. »Eine Axt wäre mir aufgefallen.«

»Wo war Dupré, als Sie ihn fanden?«, fragte Chollet.

»Er lag auf dem Boden. Auf dem Bauch.«

»Wir haben Blut auf dem Boden gefunden.«

»Aber ich konnte ihn doch nicht einfach so liegen lassen.«

»Dann hast du entschieden, ihn aufs Sofa zu legen.«

Sie nickte. Hanni schenkte ihr nach. Moni ließ das Glas los, als wäre es plötzlich heiß geworden.

»Ich konnte ihn nicht so liegen lassen. Es ging einfach nicht.«

Glaube und Hoffnung

Über der Klingel stand *K Zahrli.* Ich klingelte. Hanni begleitete mich. Chollet hatte darauf bestanden. Ich hätte ihr Ernst vorgezogen. Aber die Geschmäcker sind ja bekanntlich verschieden. Und Tatsache war, dass Zahrli den Mops hätte erkennen können.

Wie beim ersten Mal wirkte der Mann ungepflegt und abwesend, als er die Tür öffnete. Zu sagen, er war glücklich über unseren Besuch, wäre übertrieben. Er blinzelte kurz, richtete sich dann zu voller Größe auf, und sah mich von oben herab an.

»Ja?«

»Ich brauche Ihre Hilfe.«

»Was ist denn los?«

»Es geht um meinen Wagen. Er steht drüben beim B&B und geht nicht mehr.«

»Autos sind auch nicht fürs Gehen gemacht. Sie fahren.«

»Der Motor will nicht mehr starten. Können Sie mir helfen?«

»Einen Moment.« Er schloss mir die Tür vor der Nase. Als er sie wieder öffnete, hatte er sich eine Jacke übergezogen und Schlüssel in der Hand.

»Dürfte ich mal Ihre Toilette benutzen?«, fragte Hanni. »In meinem Alter ... die Blase ...«

Er sah sie irritiert an, blickte zurück in seine Wohnung. Ich hörte den Ton des Fernsehers.

»Nein«, sagte er dann bestimmt und ließ die Tür hinter sich ins Schloss fallen.

»Das ist aber nett ...«, quengelte Hanni.

»Sie sollten Ihren Wagen nehmen. Vielleicht müssen wir meinen abschleppen.«

»Sie haben doch einen Wagen, oder?«, fragte Hanni nach.

Er ignorierte sie, ging an uns vorbei den Flur entlang. Dann öffnete er eine Tür und wir standen auf einer Art hochgesetzten Plattform. Eine Wendeltreppe führte in den Garagenraum hinab. Es roch nach Politur und Öl. Der erwartbare Pin-up-Kalender hing an der Wand. Eine Werkzeugwand. Eine Grube, auf der Autos ihren Platz fanden. Und ein Jeep. *4x4* stand auf dessen Seite. Gleich neben dem Garagenlogo. Alles wirkte sehr sauber und ordentlich im Gegensatz zu seinem Besitzer.

Als hätte hier schon lange niemand mehr gearbeitet.

Zahrli ging direkt zu seiner Werkbank und nahm einen Werkzeugkoffer an sich, den er auf den Beifahrersitz des Jeeps hievte. Es folgten ein Abschleppseil und eine Batterie mit entsprechender Kablatur.

»Wir sehen uns vor dem B&B«, sagte er, bevor er die Fahrertür zumachte und das Garagentor mittels Fernbedienung öffnete.

»Er nimmt uns nicht mit?«, fragte Hanni ungläubig.

»Ich werde aus dem Kerl nicht schlau.«

Ich schüttelte den Kopf und zupfte meinen Schal zurecht. Draußen war es immer noch frisch. Der Nebel sorgte für eintöniges Licht. Mein ganzer Körper bettelte nach etwas Sonne. Wir gingen an der Post vorbei, an der Bäckerei. Überall schien drinnen warmes Licht, das zum Eintreten einlud. Zahrli hatte sich keine Mühe gemacht. Sein Wagen stand quer vor meinem. Er lehnte am Kotflügel und rauchte. Aus sicherer Distanz entriegelte ich mein Auto. Er warf die Zigarette fort, bemühte sich zur Fahrerseite, deren Tür er öffnete. Plötzlich froren seine Bewegungen ein. Er hatte Ernst erkannt, der geduldig auf der Beifahrerseite saß.

»Überrascht?«, fragte ich ihn. Er sah mich verständnislos an.

»Sie haben ihn umgebracht, nicht wahr?« Ich sagte es mit ruhiger Stimme.

»Ihr Wagen hat kein Problem, oder?«, fragte er.

»Der funktioniert einwandfrei.«

Er nickte, kratzte sich am Kopf.

»Wir haben mit Moni gesprochen.«

Er sah mich nachdenklich an.

»Seit wann geht das zwischen Ihnen und Lorelei?« Es war kein Schuss ins Blaue. Er lachte auch nicht auf. Sein Blick wanderte zum Haus hinüber, das der Nebel gefangen hielt. Es lag etwas Trauriges in seinen Augen.

»Sie kam nach der Schließung zu mir.«

»Haben Sie ihr geglaubt?«

»Sie wirkte hilflos und so verletzlich.«

»Haben Sie ihr wirklich geglaubt?«

»Ich schätze, man glaubt, was man als wahr haben möchte.« Er blickte über mich hinweg zur Hauptstraße. Ein Polizeiwagen bog von der Hauptstraße ab und kam langsam neben dem Jeep zu einem Halt.

Chollet und sein Kollege stiegen fast gleichzeitig aus. Auf dem Rücksitz erkannte ich die Frau auf der Treppe.

»Klaus Zahrli?«, fragte Chollet.

Der Angesprochene erwiderte nichts.

»Ich verhafte Sie wegen Beihilfe zum Mord an Christian Dupré.«

Wieder eine neue Masche

»Menschen sind Gewohnheitstiere mit Träumen. Ich wollte, du wärst hier, dass ich dir das erzählen könnte. Aber du weißt das alles sicher schon. Kann man eigentlich überall zuschauen, wenn man auf der anderen Seite ist? Weißt du, vielleicht würde ich mich über ein Zeichen von dir freuen. So ein Federding zum Beispiel. Einfach nur, dass ich weiß, dass es dir gut geht.«

Ich saß mit einer Tasse auf der Bettkante und sprach zum Ernst, dem Mann in meinem Kopf. Hund Ernst lag zu meinen Füssen. Ich hatte die Kerze neben dem Foto angezündet. Ihr Licht versöhnte mich wieder ein bisschen mit dem Leben.

»Chollet hat mich gefragt, wie ich zum Schluss gekommen bin, dass Lorelei bei Zahrli untergekommen ist. Ich weiß nicht, was die auf der Polizeischule gelernt haben. Ich suche immer nach dem Detail, das aus dem Alltäglichen herausfällt. So wie die beiden Gläser auf dem Couchtisch, als wir das erste Mal bei Zahrli anklopften. Warum brauchte er zwei Gläser? Er roch so, als würde er direkt aus der Flasche trinken.«

Ich nahm einen Schluck Kaffee.

»Weißt du, ich bin froh, dass Moni mit einem blauen Auge davonkommt. Sie ist ein gutes Mädchen. Ich wollte ihr das Kellerverlies weiterhin zur Verfügung stellen. Und ich bin mir sicher, meine zukünftigen Gäste würden ihren Schnaps tischklopfend in Ehren halten. Aber Moni hat sich entschieden, Witteberg den Rücken zu kehren und woanders neu anzufangen. Ich kann's ihr nicht verübeln, weißt du. Aber den Raum brauche ich trotzdem nicht. Na ja ... vielleicht doch. Ursprünglich war es das, was ich dir sagen wollte. Ich habe mich entschieden, das B&B wieder aufleben zu lassen. Witteberg braucht einen solchen Ort und jemand muss ja zu all den Menschen schauen, die dort leben. Es bedeutet mir etwas, weil der Ort dir wichtig war. Ich hoffe, du bist damit einverstanden.«

Ernst hob seinen Kopf und gähnte ausgiebig. Dann streckte er seine Vorderpfoten und sah mich auffordernd an.

»Ich glaube, unser neuer Freund hier möchte sich die Beine vertreten«, sagte ich diesmal laut. Ich leerte meine Tasse, stellte sie neben das Foto und blies die Kerze aus. Ernst war bereits auf dem Weg zum Eingangsbereich. Er kam mir auf halbem Weg mit dem quietschenden Plastikball entgegen. Es sah aus, als habe er rosa Lippen.

»Wieder eine neue Masche, was?«

Ernst ließ den Ball zu meinen Füssen fallen. Eine klare Aufforderung. Ich öffnete die Tür und kickte den Ball in den Vorgarten. Der Hund jagte ihm nach. Schnell schlüpfte ich in meine Schuhe, zog mir einen Mantel über, griff nach den Schlüsseln und der Hundeleine.

Auf dem Absatz blickte ich noch einmal zurück in den Flur. Ein Gefühl der Dankbarkeit überkam mich. Aber bevor mir Tränen hochkamen, löschte ich das Licht und zog die Tür sanft zu.

Von meinem Hund war nichts zu sehen.

»Ernst?«, rief ich. Zu meiner Rechten wackelte die ganze Hecke. Und dann schnellte der Hund mit dem Ball in der Schnauze auf mich zu. Erst als er vor mir stand, sah ich die weiße Feder, die sich mit Blättern in seinem Halsband verfangen hatte.

»Ich danke dir«, sagte ich leise, hob den Ball hoch und warf ihn in den Garten zurück.

Rezepte

Englische Scones nach Hannis Art

In England serviert man Scones zusammen mit Konfitüre zum Nachmittagstee. Das kleine, luftige Gebäck ist aber auch eine tolle Idee zum Brunch!

Einkaufsliste für vier Personen:
300 g Mehl
2 EL Zucker
2 TL Backpulver
0.5 TL Salz
70 g Butter, in Stücken, kalt
1.5 dl Milch

Und so wird's gemacht:

Ofen auf 200 Grad vorheizen.

Mehl, Zucker, Backpulver und Salz in einer Schüssel mischen. Butter beigeben, von Hand zu einer gleichmäßig krümeligen Masse verreiben. Milch dazu gießen, rasch zu einem weichen Teig zusammenfügen, nicht kneten.

Teig ca. 2 cm dick auswallen. Mit einem Ausstecher (ca. 5 cm Ø) ca. 16 Scones ausstechen, auf ein mit Backpapier belegtes Blech legen, mit Milch bestreichen.

Backen: ca. 15 Min. in der Mitte des Ofens. Scones herausnehmen, auf einem Gitter etwas abkühlen, lauwarm oder kalt servieren.

Monis Obstgeist

Schnaps selbst zu brennen ist in der Schweiz verboten. Deshalb riskierte Moni auch viel. Da man ihr das Ausschenken von Schnaps nachweisen konnte, aber nicht dessen Herstellung, kam sie mit einem blauen Auge davon.

Es gibt aber auch eine Art, Schnaps zu machen – ohne zu brennen. Dabei wird als Basis meist Korn oder Wodka benutzt, die anschließend mit verschiedenen Obstsorten vermengt werden, um unterschiedliche Geschmacksrichtungen kreieren zu können. Dies ist dann ein Obstgeist. Zum Beispiel ein Williams Schnaps mit der leckeren Williams-Christ-Birne:

Zutaten:

750 ml Williams Christ Birne

750 ml Korn

375 g Kandiszucker

6 EL Zitronensaft

Zubereitung:

Obst waschen und in größere Stücke schneiden. Das geschnittene Obst in ein verschließbares Glas füllen.

Füge den Korn hinzu, bis die Fruchtstücke bedeckt sind. Lasse die Mischung einige Wochen an einem warmen Ort ziehen. Danach durch ein Passiertuch filtern, Schnaps abfüllen und noch ein paar Wochen ziehen lassen.

Man kann das Ganze noch mit Gewürzen wie Zimt oder Anis würzen.

Bergsuppe – Soupe au chalet (traditionell)

Diese Suppe wurde zu früheren Zeiten in einem Chalet auf der Alp zubereitet, da es für die Bauern dort oft keine Möglichkeit gab, frisches Gemüse zu besorgen.

Rezept für 6 Personen

- 10 Kartoffeln
- 2 Zwiebeln
- eine Handvoll wilden Spinats
- eine Handvoll Brennnesseln
- 1 l Milch
- 2 l Wasser
- 200 gr. Teigwaren (Hörnli)
- Salz
- Rahm
- in Scheiben geschnittenen Gruyère AOC Käse (den einzig echten!)

Die in große Würfel geschnittenen Kartoffeln und die gehackten Zwiebeln im gesalzenen Wasser und der Milch aufkochen. Den geschnittenen Spinat und Brennnessel beigeben und 45 Minuten bis eine Stunde aufkochen. 10 Minuten vor Ende der Kochzeit die Teigwaren beifügen. Den Rahm dazugeben und nicht mehr kochen, nur noch aufwärmen. Den geschnittenen Käse in die Teller geben und die Suppe draufgießen.

Kleiner Tipp: Kochen Sie ein Stück Speck in der Suppe mit!

Stricklexikon

Knötchenrand: Es gibt zwei Varianten. Entweder wird die erste und die letzte Masche (Randmasche) einer Reihe rechts gestrickt oder die letzte Masche wird rechts gestrickt und die erste Masche nach dem Wenden rechts abgehoben. Der Knötchenrand wird auch als doppelter Perlrand bezeichnet und eignet sich für alle in Rippen gestrickten Arbeiten.

Fallmasche: Entsteht aus einem oder mehreren Umschlägen, die in der folgenden Reihe fallen gelassen werden. Je mehr Umschläge, desto länger die Fallmaschen.

Umschlag: Der Arbeitsfaden wird um die rechte Nadel gelegt. Auf diese Weise entsteht eine neue Masche (Hohlmasche), die in der folgenden Reihe abgestrickt wird. Findet Anwendung bei Lochmustern, weil mit dem Umschlag ein Loch entsteht.

Mustersatz: Eine Abfolge von Maschen, die sich in einem Muster fortlaufend wiederholen; auch ›Rapport‹ genannt.

Noppenmuster: Plastische, noppenartige Effekte lassen sich auf verschiedene Weise herstellen: durch hochgezogene Maschen, durch ›tief‹ gestrickte und durch umwickelte Maschengruppen.

Rippenbündchen: (Elastischer) Abschluss an Saum- oder Verschlusskanten eines Strickstücks. Rippen werden aus Gruppen von linken und rechten Maschen gestrickt. Eine 1/1-Rippe entsteht im wiederholten Wechsel von einer linken und einer rechten Masche. Für eine 2/2-Rippe abwechselnd zwei rechte und zwei linke Maschen stricken.

Steppnaht: Ein Stich zum Verbinden von Strickstücken. Dazu werden die Teile rechts auf rechts gelegt. Genäht wird mit kleinen Steppstichen direkt neben der Randmasche. Die Fäden nicht zu fest anziehen.

Abketten: Ein Strickstück wird mit dem Abketten der letzten Strickreihe beendet.

Abketten durch Überziehen: Die ersten beiden Maschen stricken, wie in der Anleitung angegeben. Dann auf der rechten Nadel die zuerst abgestrickte über die zweite ziehen. Die dritte Masche stricken und die zweite über die dritte Masche ziehen, usw.

Über die Autoren

Barbara Zumstein, geboren 1949, überlebte eine ausgesprochen ruhige Kindheit in Bern nur knapp, bevor sie im ebenso knappen Röckchen und mit gerade mal neunzehn Jahren ihren Ernst heiratete und mit ihm durchbrannte. Doch das Sarganserland wurde nach der Geburt ihrer Tochter Valerie zu klein für ihre Träume. Über berufliche Veränderungen und Herzensentscheidungen fasste sie im Friburgischen wieder Fuß. Seit dem Tod ihres Mannes lebt und wirkt sie in Düdingen. Bekannt wurde sie durch die Buch-Café-Krimi-Reihe rund um ihre Tochter Valerie Birbaum.

Jean-Pascal Ansermoz, Baujahr 1974, springt seit seiner Kindheit mit großer Leichtigkeit über den Röschtigraben, schreibt er doch sowohl in französischer, wie auch deutscher Sprache. Er erlebte die Siebziger in Afrika, verbrachte die Achtziger in Basel und studierte in den Neunzigern in Lausanne. Gearbeitet hat er in vielen Jobs und nicht alle standen in direktem Zusammenhang zum schriftlichen Wort. Manche aber schon. Heute verschreibt er seine Zeit mit Krimis und anderen spannungsreichen Literaturgattungen.

Denn Schreiben macht glücklich.

Mehr Infos unter: www.jeanpascalansermoz.ch